DISCARD

El Jefe Máximo

Ignacio Solares

El Jefe Máximo

© 2011. Ignacio Solares

© De esta edición:
Santillana Ediciones Generales, S. A. de C. V., 2011
Av. Río Mixcoac 274, Col. Acacias,
México, D. F., C. P. 03240, México.
Teléfono 5420 7530
www.alfaguara.com.mx

Primera edición: mayo de 2011
ISBN: 978-607-11-1141-8
D.R. © Diseño de cubierta: Pico Adworks

Impreso en México

Todos los derechos reservados.
Esta publicación no puede ser reproducida, ni en todo ni en parte, ni registrada en o transmitida por un sistema de recuperación de información, en ninguna forma ni por ningún medio, sea mecánico, fotoquímico, electrónico, magnético, electroóptico, por fotocopia, o cualquier otro, sin el permiso previo por escrito de la editorial.

Para Myrna

"La política, amigo, es una cloaca; siempre lo ha sido".
PLUTARCO ELÍAS CALLES

"Todos parecíamos los perros del Jefe Máximo, y ladrábamos a su gusto".
GONZALO N. SANTOS

I. "Tu cuelga, Pancho"

Aquella madrugada del 5 de octubre de 1927, el general de brigada Claudio Fox salió a la terraza del Castillo de Chapultepec a avisarles al presidente de la República, Plutarco Elías Calles, y al general Álvaro Obregón, presidente electo, que los trece cadáveres que esperaban acababan de llegar y se les había instalado en una pieza de los sótanos del propio castillo para que se les reconociera. El camión para volvérselos a llevar también ya estaba listo.

Al ver desde lejos a Calles y a Obregón, vestidos de oscuro, con traje y chaleco de lana, apoyados en el parapeto del mirador —Obregón con corbata de moño, lentes de aro de metal y fumando con su única mano, Calles con una actitud un poco más distante, con una mirada perdida en el paisaje—, al verlos desde lejos, el general Fox recordó el momento de la mañana anterior en que se le entregó la orden perentoria de ejecutar al general Francisco Serrano y sus acompañantes en el camino de regreso de Cuernavaca.

El oficio decía así:

Castillo de Chapultepec, 3 de octubre de 1927

C. general de brigada Claudio Fox
Presente

Sírvase marchar inmediatamente a Cuernavaca acompañado de una escolta de cincuenta hombres del Primer Regimiento de Artillería, para recibir del general Enrique Díaz González, jefe del 57º Batallón, a los rebeldes Francisco Serrano y personas que lo acompañan, quienes deberán ser pasados por las armas sobre el propio camino a esta capital por el delito de rebelión contra el gobierno constitucional de la República. En la inteligencia de que deberá rendir el parte respectivo, tan pronto como se haya cumplido la presente orden, directamente al suscrito.

Presidente de la República
Plutarco Elías Calles

Y es que el alboroto que habían provocado los inminentes levantamientos armados de Serrano y de Arnulfo R. Gómez, en lucha por la Presidencia de la República, parecía haber envenenado la sangre a Calles y a Obregón.

"Comprendía —confesó años más tarde Fox— la terrible responsabilidad que pesaba sobre mí en aquellos momentos horribles. Me sentía agobiado. No quería cumplir la orden fatídica. Sentía repugnancia, pero no podía eludir su cumplimiento y ni siquiera el mandato recibido directamente del jefe del gobierno constituido. Reflexioné sobre la triste condición de un soldado que tiene que cumplir una amarga tarea. Vacilé. En mi pecho se desarrollaba una intensa pugna interior; se me presentó con diáfana claridad el conflicto del poder".

El conflicto del poder... La única concesión que se permitió Fox con su conciencia fue que "a los fusilados se les respetara la cara", sin "hacer carnicerías ni saquearlos", es decir, sin ensañarse en los agonizantes y en los muertos, como era la costumbre. A pesar de ello, al final comprobó "con amargura" que había por ahí algún muerto con un tiro en la cabeza.

Al acercárseles, las dos figuras apoyadas en el parapeto del mirador se fueron aclarando dentro de la neblina del amanecer, con un sol pálido que daba la impresión de haber interrumpido su ilusorio movimiento orbital y coronaba el borde superior de los milenarios ahuehuetes. Esfera rubicunda, de sospechosa ingravidez a esa hora, más abajo teñía la ciudad de una destemplada tonalidad amarillenta.

—Señor presidente, me permito informarle...

La voz se le quebraba a Fox. Un volaterío de pájaros se desprendió de los árboles como para ir a difundir la noticia.

—Los cadáveres ya han sido instalados en una pieza de los sótanos... El señor presidente y el señor caudillo los querrán reconocer personalmente, dentro de la mayor discreción. Sólo estaremos presentes el general Cruz, el doctor José Manuel Puig y un servidor —el labio inferior estremecido por la respiración dificultosa.

Durante el recorrido por los fríos pasillos de pétreas paredes y ladrillos húmedos, Fox miró los rostros inescrutables de Calles y de Obregón, con los labios apretados y las miradas muy fijas en el piso de losetas desportilladas y en los escalones. Los bigotes arriscados, canosos, del general Obregón le prestaban cierta altivez y, si acaso, le pareció que las mejillas del señor presidente parecían un poco encendidas, aunque quizá fuera por el frío.

En el camino se les unió el doctor Puig, quien se limitó a saludarlos con el inicio de una reverencia.

En una de las piezas más amplias y frías, hasta unos momentos antes vacía, se encontraban en improvisados camastros, cubiertos con sábanas, los trece cadáveres (debieron ser catorce, pero había logrado escapar Francisco Javier Santamaría). Calles y Obregón pasaban frente a ellos mientras el doctor Puig los iba descubriendo. Los ojos botados, quizá reventados por lo último que vieron, ya opacándose y como cubriéndose de moho; las bocas con los labios muy apretados o entreabiertas, emitiendo una última queja imposible, atorada para siempre; algún mechón de pelo aún ensangrentado.

—Éstos son los generales Carlos Vidal, Daniel Peralta y Carlos Ariza, el capitán Ernesto Méndez, mejor conocido como "Cacama", el abogado Martínez Escobar, éste es Otilio González, éste Antonio Jáuregui Serrano, sobrino del general Serrano, Rafael Martínez Escobar, Alonso Capetillo, el ingeniero José Villa Arce, Augusto Peña, Miguel Ángel Peralta...

La mayoría de ellos, ajenos a la política del momento. Se encontraban con Serrano solamente por amistad (era día de su santo), y en el caso del joven Jáuregui por la relación familiar que los unía.

Obregón se desesperó:

—Ah, muy bien... ¿Y Pancho? ¿Dónde está Pancho que no lo veo?

—Acá está, señor caudillo —respondió el médico, señalando un rincón—. Lo quisimos poner en un lugar especial...

—A ver... descúbranlo.

Consciente del momento que vivía, y como si le arrancara la propia piel, el doctor lo descubrió.

Según palabras posteriores del general Fox, como Serrano estaba boca abajo, Obregón lo tomó por los cabellos y le levantó la cabeza. Serrano tenía una cara espavorida, como si hubiera muerto viendo al diablo.

Las palabras de Obregón parecieron retumbar en las paredes húmedas. En sus ojos verdosos titilaba un brillo feroz. Con la ironía que lo caracterizaba, dijo:

—¡Ah, qué feo te dejaron, Pancho!

Y agregó, sonriente:

—No te quejes de que no te di tu cuelga, en el mero día de San Francisco.

García Naranjo escribiría años después:

"Los laureles que Obregón cosechó en el patíbulo de Serrano superan con mucho a los laureles mismos de Caín".

II. El maestro Amajur

Calles, el fundador del Partido Nacional Revolucionario. Calles, que sustituyó la dictadura personal de un caudillo por la dictadura impersonal de un partido único, decisivo para la paz y la unificación del país. Calles, que desató la más sangrienta guerra religiosa que conozca la historia de México, con más de noventa mil muertos. Calles, el poder detrás del trono, el Jefe Máximo, el Gran Elector. Al regresar a la Ciudad de México, después de cinco años de exilio en Estados Unidos, encontró un último y gran refugio: las sesiones espiritistas. Cada semana, religiosamente, asistía al Círculo de Investigaciones Metapsíquicas de México, en una casona de Tlalpan.

Ahí lo llevó por primera vez —casi a la fuerza— su íntimo amigo José María Tapia, ex gobernador de Baja California.

—Esta experiencia te va a cambiar la vida, Plutarco. Como me la cambió a mí.

Y, en efecto, se la cambió.

Accedió a acompañar a Tapia —quien estaba de visita en la Ciudad de México y se hospedaba en la casa de Calles, en la colonia Anzures— para alejarlo de esas zarandajas. Iba a burlarse de las supersticiones de su amigo.

Los recibió la dueña de la casa: una mujer flaquísima, envuelta en un chal negro, con una piel morena y apergaminada que se le hundía entre los huesos salientes de los pómulos y los brazos, y que caminaba en puntas de pies y siempre hablaba en murmullo. Los condujo a través de la sala a la pieza en donde se celebraría la sesión. Calles se sentía más bien ridículo ahí —¿para qué habría aceptado asistir?—. En la sala, los gruesos cortinajes de las ventanas permanecían corridos y la luz amarillenta de las lámparas tembleaba en las vigas altas, en las paredes con cuadros familiares, en los espejos empañados, en los muebles de maderas pulidas y en las vitrinas. La pieza en donde se celebraría la sesión también tenía las cortinas corridas y sólo había unas diez sillas en círculo, muy juntas unas de otras, y en el centro una mesita con una caja de música. En lo que parecía la cabecera había una silla más alta, acolchonada y con brazos, en donde se sentaría el médium.

Todos los presentes —una como galería de figuras de cera— se saludaban muy serios, en los ojos el brillo de la emoción.

El médium, al que llamaban Luisito, era un hombre de mediana edad, pálido, una frente muy ancha, de cabellos ralos cuidadosamente asentados, con raya a un lado.

—¿Les parece que empecemos? —preguntó la mujer que los había recibido, dio cuerda a la cajita de música, que durante unos minutos emitió una pieza muy dulce, y luego se dispuso a apagar las luces.

José María Tapia se sentó junto a Calles, quien conservaba un gesto duro y una como interrogación en las pupilas.

La mujer pidió que se tomaran de las manos, sin soltarse por ningún motivo, por favor, porque si rompían la cadena podían hacerle daño al médium.

—En una ocasión se soltó alguien de repente y le sangró profusamente la nariz a Luisito —le dijo Tapia en voz baja a Calles.

Empezaron por rezar un Padrenuestro en voz alta.

Calles sentía crisparse la mano de Tapia en la suya. Del otro lado, la mano medio sudorosa de una mujer le producía la impresión de un pescado recién salido del agua.

Luisito invocó unos nombres incomprensibles y comenzó a respirar pesadamente hasta alcanzar un ronco estertor, imitando a la perfección a un hombre en plena agonía. Por momentos, se alcanzaba a percibir dentro de las sombras, Luisito echaba tanto la cabeza hacia atrás que parecía a punto de desprendérsele, o la sacudía como si la sacara del agua. La mano de la mujer a su lado apretaba con más fuerza la de Calles y casi le enterraba las uñas.

En el techo empezó a nacer una leve fosforescencia que fue en aumento, algo que desconcertó a Calles, porque era obvio que en ello no había ninguna trampa, no podía haberla. ¿Qué era aquello? Sintió una emoción que le aceleró el corazón. Recordó las noches en el desierto de Sonora. (También el cielo es así cuando allá llega la noche, pensó. Cuando las estrellas nacientes se amalgaman bajo una misma presión, conjuradas y hostiles al principio, negándose al recuento, a las nomenclaturas, oponiendo una aterciopelada inalcanzabilidad al ojo que las circunda y atrae, metiéndose de a diez, de a cien, en un mismo campo visual.)

Fosforescencia que en su punto más álgido dio lugar a pequeñas esferas que empezaron a explotar, una tras otra, plop, plop, plop. A veces eran pálidas y frías lucecitas como luciérnagas. Blancas, amarillentas o ligeramente violetas. Tenían en el centro un núcleo luminoso más intenso, como una chispita. Tapia le explicó después a Calles: esos globitos, parientes cercanos de los fuegos fatuos, eran ya parciales materializaciones.

Pero la verdadera materialización comenzó con un como polvo de oro viejo que dejaron las lucecitas a la altura del suelo, o apenas un poco por encima de él, en el centro del círculo de sillas.

De ahí, dentro de un estallido luminoso, brotó la columna de humo blanco que se corporificó. Era un hombre de barba muy oscura, envuelto en una túnica y que despedía un profundo olor a ozono. Calles le distinguía hasta las arrugas del rostro y los pliegues de la boca.

—El maestro Amajur —dijo alguien.

—Bienvenido, maestro —agregaron otros.

Las manos se le traslucían con el fluir, entre blanco y verdoso, del ozono.

Los bendijo, uno por uno, con una gladiola que llevaba en la mano derecha. Calles sintió la humedad de su túnica y —de lo que después se arrepintió dado el carácter de escepticismo que implicaba— le pasó los pies por debajo de ella para comprobar que flotaba.

En algún momento, el maestro Amajur se ponía en cuclillas para hacer alguna curación a quien se lo pedía. Tapia le solicitó que se acercara a ellos y que ayudara a Calles con un dolor que tenía a la altura del estómago, del lado del hígado (en efecto, tenía años de padecer de cálculos hepáticos). Calles sintió las manos —para él milagrosas desde ese momento— oprimir ligeramente su estómago. El dolor se desvaneció. Fue como si, dentro de él, un dique de contención súbitamente cediera y un torrente de emoción irrumpiera contra su frialdad y su razón.

Se repitió: ¿Qué era aquello? ¿Dónde estaba?

El hombre incrédulo en todo lo sobrenatural —lo que fue base fundamental de su política, aunque en los últimos años había empezado a tener dudas— dio paso a un fervoroso creyente en las sesiones espiritistas. Supo que su vida tenía un nuevo sentido, un nuevo sentido para él que, después de haberlo tenido todo, ahora estaba tan cansado, enfermo y decepcionado.

Y a pesar de la sorpresa, Calles pensaba que todo aquello no era sino un problema de luz (Luz), que ordenaba lo desordenado, y traía, por fin, realidad a la irrealidad, hacía visible lo que teníamos frente a nosotros sin ver. Como en cualquier encuentro fortuito y feliz de elementos favorables, coincidentes, bastaba que la luz llegara a los nichos, a las columnas aparentemente frías y austeras, a los rincones, a una casona en Tlalpan como ésta, para que un temblor de vida se hiciera manifiesto y arrastrara todo (Todo) en su danza incontenible e intemporal. El maestro Amajur (que, según se dijo, había sido médico en el viejo Egipto) lograba atraer y congelar la luz en materia preciosa y palpable, autónoma. ¿O era precisamente al contrario: cuál autónoma; el objeto sólido y movible, que se dilataba en la luz y color, temblaba en el espacio pero sólo latía con el corazón *de quien lo invocaba*?

Se sintió elegido de un Poder Superior por estar ahí, por haber recibido aquella revelación.

Siempre había creído —a pesar de no ser creyente— "que un espíritu aterrador" lo perseguía desde niño. Aun en sus momentos de mayor seguridad en sí mismo, como cuando era el Jefe Máximo, sentía un papaloteo en el estómago que no era sino anuncio de que no estaba solo, de que había a su alrededor algo maligno que lo acompañaba.

Y ahora, milagrosamente, ese espectro aterrador —siempre presentido— se le corporificaba en forma de un ángel salvador.

III. "Un farsante"

El doctor Ramón Puente, muy cercano a él, escribió que desde el asesinato de Pancho Serrano, Obregón no volvió a ser el mismo: su carácter se modificó. "Con frecuencia se le veía sombrío, como si intentara inútilmente borrar los odios pasados. ¿Dónde había quedado su buen humor? Como cuando un periodista le preguntó cómo había encontrado su brazo cercenado por una granada en la batalla de Celaya, en 1915, que explotó a su lado: 'Muy fácil' contestó. 'Eché una moneda de oro al aire y mi brazo salió volando a cogerla'. O como cuando se mandó sacar una foto con el escritor español Ramón María del Valle-Inclán en los toros, aplaudiendo juntos, cada uno con la mano que le quedaba, ya que Valle-Inclán era manco del brazo izquierdo y Obregón del derecho... Ese humor, tan consustancial a él, se esfumó. Iba a ser todopoderoso y sin embargo se sentía solo, sin amigos. Sabía que nadie podía reemplazar a quien fue su mejor amigo: Francisco Serrano. Tenía cuarenta y ocho años, pero se veía de setenta".

También, al doctor Puente, Obregón le confesó: "Hay que tener cuidado con las bromas que les hacemos a los muertos, porque tienen más posibilidades de venganza que nosotros, que aún estamos vivos".

Un amigo al que quería "como a un hijo" —de ahí que no pudiera transigir con su rebelión contra él mismo, casi su padre—, al que le entendió y le perdonó casi todo. Como cuando, en 1922, siendo Obregón presidente de la República, el mortecino carrancismo daba sus últimas patadas de ahogado a través de la rebelión del general Francisco Murguía, uno de los militares más reconocidos y prestigiosos del constitucionalismo. Mandó una carta abierta a Obregón el 25 de agosto de ese 1922, en que le decía:

"El gobierno de usted es un gobierno nacido del crimen y sostenido por el crimen. Es probablemente el más opresivo, el más humillante, el más vergonzoso que ha tenido el país, porque ha adoptado el asesinato como sistema fundamental de su conservación, contra sus enemigos políticos, supuestos o reales, a quienes se hace desaparecer con la ley fuga, por el secuestro, por el fusilamiento y aun por otros procedimientos que ni el mismo Victoriano Huerta empleó jamás, no obstante haber pasado éste a la historia de México como el tipo de soldado brutal, que mataba sin escrúpulos. Usted es mucho peor".

Y firmaba: "De usted lealmente enemigo: Francisco Murguía".

Después de su intento frustrado de rebelión —llegó a reclutar para sus fines a cerca de cuatro mil quinientos soldados entre Sinaloa y Tabasco—, la mañana del primero de noviembre fue aprehendido en Durango. Apenas a unas horas de su captura, el presidente de la República dio órdenes perentorias de formar un consejo de guerra que se encargara de juzgar sumariamente al rebelde. En un breve lapso de seis horas se acordó la pena capital contra el reo. La orden de Obregón era muy clara: el rebelde debía ser eliminado a la brevedad.

En aquellas circunstancias, toda la responsabilidad de los hechos recaía directamente sobre el secretario de Guerra, Francisco Serrano, quien andaba desaparecido. ¿Cómo era posible? ¿Dónde estaba? El informe que se le dio al señor presidente, después de una búsqueda infructuosa, era sucinto, pero de lo más claro: se encontraba en un "apurado trance de amor" con una artista española del Café Colón, llamada La Paola, muy joven y muy guapa. Fue del todo imposible encontrarlo porque literalmente rompió contacto con el mundo durante más de cinco días con sus noches.

El comentario de Obregón sorprendió a los informantes:

—Ah, qué Pancho, siempre con sus cosas —y le dio carpetazo al asunto. Al fin Murguía ya había sido fusilado.

¿A quién más iba a perdonarle ese "tipo de cosas" el inflexible señor presidente?

Obregón se jactaba de su memoria: era capaz de recordar el orden completo de una baraja dispuesta al azar con sólo ver las cartas una vez y pudo memorizar *La Suave Patria* de López Velarde con sólo escucharla en una ocasión. Quizás esa memoria prodigiosa contribuyó a que Obregón ya no pudiera quitarse de encima los ojos botados, como bolas de goma oscuras, al levantar la cabeza de su "consentido" Serrano y decirle: "No te quejes de que no te di tu cuelga en el mero día de San Francisco".

Hay que ver la forma tan fija en que nos miran los ojos de los muertos que hemos amado, y más si como despedida nosotros mismos los mandamos matar y les hacemos una broma tan cruel.

Obregón, que también se jactaba de que desde niño aprendió a luchar contra los elementos naturales y que a todo y a todos domó y venció. Como las heladas, el chahuistle, la lluvia, los huracanes. Penetró una naturaleza de picos ariscos, inalcanzables, o de desiertos planos y ardientes, que existían en la soledad más abrupta, sin la huella humana. Todo lo violó: los hombres, los indios, las mujeres, las creencias, los ideales, los poblados y las ciudades, las noches estrelladas del desierto. Podía asumir entre sus íntimos, casi con orgullo, los asesinatos de Carranza y de Villa, el exterminio de los yaquis, la guerra cristera, pero los ojos de Serrano ya no pudo olvidarlos y le crearon una nueva y demoledora tristeza —refiriéndolo a su propia muerte— que lo llevó a escribir un poema revelador:

Cuando el alma del cuerpo se desprende,
y en el espacio asciende,
las bóvedas celestes escalando,
las almas de otros mundos interroga,
y con ellas dialoga,
para volver al cuerpo sollozando.
Sí, sollozando al ver de la materia
la asquerosa miseria
con que la humanidad, en su quebranto,
arrastra tanta vanidad sin fruto,
olvidando el tributo
que tiene que rendir al camposanto.
Allí todo es igual: ya en el calvario,
es igual el osario;
y aunque distintos sus linajes sean,
de hombres, mujeres, viejos y criaturas
en las noches oscuras, los fuegos fatuos se
pasean.

También, apenas unos días antes de regresar a la Ciudad de México, ya como presidente electo, en su rancho del Náinari, relacionó el ladrido y el aullido de sus perros de campo con el presentimiento de la jauría que lo aguardaba en la capital: quizás un destino paralelo al de Serrano.

—¡Cállenlos de una buena vez! —ordenó, con la desesperación que tanto se le había acrecentado a últimas fechas.

Pero los perros siguieron ladrando y aullando en forma insólita.

—Denles carne fresca. La mejor carne fresca que encuentren.

Pero la carne fresca tampoco los calmó. Al cabo de una hora de ladridos crecientes, con los nervios de punta, Obregón fue a asomarse a la ventana de su despacho, la abrió y se les quedó mirando fijamente.

—Sé lo que quieren esos perros. Quieren mi sangre.

Y es que su paisano Francisco Serrano fue quizá su colaborador más cercano. Estuvo con él desde marzo de 1913, cuando Obregón tomó la plaza de Nogales, después de derrotar a las fuerzas del coronel Kosterlitzki, primer triunfo de las fuerzas de Sonora en la lucha que se iniciaba contra Victoriano Huerta. Además, eran parientes lejanos porque la hermana de Serrano, Amalia, era esposa de Lamberto Obregón.

En septiembre de 1914, Serrano, ya para entonces teniente coronel, lo acompañó, junto con los capitanes Robinson y Villagrán, a Chihuahua, a meterse desarmados a la guarida de Pancho Villa —a la "mera boca del lobo", decía Obregón— para intentar un acercamiento con él y de ser posible una reconciliación con Carranza. Todo iba bien hasta que Villa pescó a Obregón en una mentira respecto al supuesto respeto de Carranza por el gobernador de Sonora, José María Maytorena.

—¡Ustedes creen que van a jugar conmigo! —gritó Villa, furioso, al leer un telegrama que acababa de recibir; mostraba sus grandes dientes, como granos de maíz, destellando bajo la lámpara de queroseno y las venas de su grueso cuello parecían estallar—. Viene usted, compañerito Obregón, muy amable y suavecito a hablarme de amistad y de la necesidad de reconciliar nuestros intereses, pero aquí tengo un telegrama que acabo de recibir —y lo blandió groseramente frente a la cara de Obregón— en que se me informa que el comandante militar de Hermosillo, instruido por Carranza, ha sitiado el Palacio de Gobierno. Así que la realidad es que usted es un mentiroso y un traidor y en este mismo momento voy a ordenar que lo fusilen.

En el ambiente tenso e irrespirable en que estaban metidos, sus palabras furiosas parecían conservarse más tiempo, flotando vibrantes.

Serrano, que estaba a unos pasos de Villa y de Obregón, se acercó con un gesto adusto. Aunque era de estatura baja y muy delgado, tenía unos ojos muy vivos y una voz sugestiva y en ocasiones engolada, que posteriormente le proporcionó algunos de sus mayores éxitos como candidato a la presidencia.

—Perdóneme, general Villa, pero quiero decirle algo. Ya que ha decidido usted fusilar al general Obregón, escúchelo. Nunca, óigalo usted, nunca se ha registrado en la Historia un solo caso en el cual un hombre de honor, como lo es usted, no haya sabido respetar la vida de alguien que es su huésped. Sí, su huésped. Yo entiendo que en estos momentos usted quisiera con el alma ver a mi general con sus tropas frente a las de usted para combatir hasta la muerte, tal como lo hacen los hombres, los verdaderos hombres. Pero también sé que de ninguna manera podría usted faltar a las leyes del honor, que vuelven sagrada e intocable a la persona de un huésped mientras éste se encuentra en su casa, bajo su techo.

Villa escuchó atentamente las palabras de Serrano. Se sintió desconcertado.

—¡Claro que Pancho Villa es un hombre de honor! Yo quisiera estar en estos momentos, en lugar de aquí, en mi casa, en el mero monte y ahí darme de balazos con el compañerito Obregón, probar nuestras fuerzas a lo macho. Pero lo que dice usted me conmueve, porque estamos en mi casa y eso me obliga a meditar en la decisión que acabo de tomar. O sea, según usted, tomando en cuenta las reglas del honor, no se puede fusilar a alguien que está en su propia casa.

—Por supuesto que no —contestó Serrano, dando un ligero golpe con los nudillos sobre la mesa de madera mal pulida, poniendo a temblar una de las tazas de café, consciente de que jugaba con el carácter vitriólico e impredecible de Villa y, sobre todo, con el destino de su jefe y amigo—. Digo, si estamos hablando de hombres de honor.

—A ver, usted qué opina, general —preguntó Villa a Rodolfo Fierro, quien hasta ese momento había permanecido en un mutismo como de piedra, con los brazos cruzados. Por lo demás, era el tipo de cuestiones que siempre le preguntaba a Fierro, como cuando los enteraron de que por una ley de honor no podía fusilarse a prisioneros heridos. Villa no sabía qué hacer con tanto prisionero como tenía en aquel momento y consultó a Fierro, quien encontró una solución de lo más pragmática.

—Pues muy fácil, entonces primero curémoslos y ya sanos los pasamos por las armas.

Su consejo en aquel momento fue por el mismo sentido.

—Si el problema es que el general Obregón está bajo su techo, llevémoslo lejos de aquí; hay terreno suficiente para hacerlo, y ahí sí podemos fusilarlo, ya sin faltar a las reglas de honor del hospedaje.

En esos momentos, Obregón dio dos pasos hacia el frente y se encaró con Villa. Los reflejos dorados de sus ojos surgían vivaces y su altivez era complementada por el porte erguido, los bigotes arriscados y los labios finos y a la vez duros. Vestía un uniforme blanco con botones de cobre y un kepí con un águila bordada sobre tejuelo negro.

—Basta de burlas, general Villa —dijo—, si se me va a fusilar, que se me fusile, pero cuanto antes. Aquí o allá, es lo de menos, pero sin detalles humillantes. Y he de decirle que me hace usted un favor, pues desde que entregué mi vida a la Revolución, he creído que en su nombre sería para mí una fortuna perderla. Así se lo digo a mi hijo en esta carta que acabo de escribir al venir aquí y que, como última voluntad, le pido que le sea enviada.

Villa tomó la carta y empezó a leerla. Apenas si leería los primeros párrafos, porque se la regresó a Obregón, poniéndola sobre la mesa y, abruptamente, cambió de opinión, sin dar ninguna explicación. Ordenó que lo dejaran libre, a él y a sus acompañantes, y con un gesto altanero y soberbio, sin volverse a mirar a nadie, abandonó la pieza en donde habían estado reunidos.

Ya en el tren, de regreso a la capital, Obregón les enseñó la carta a sus acompañantes. Decía:

"Queridísimo hijo: cuando recibas esta carta habré marchado al norte a encontrarme con el general Francisco Villa. Como en todo cuanto realizo a últimas fechas, voy guiado por la voz de la patria, que en estos momentos siente desgarradas sus entrañas, y no puede haber un solo mexicano de bien que no acuda a su llamado. Quizá moriré, pero moriré bendecido por la Revolución. Yo lamento que tu cortísima edad no te permita acompañarme. Yo también fui huérfano de padre a muy temprana edad y sé lo que eso significa. Pero, a pesar de ello, te digo que si me cabe la suerte y la gloria de morir en esta causa, que la Revolución bendiga también tu orfandad y con orgullo y la cabeza en alto podrás llamarte hijo de un patriota, porque la patria es primero, antes que cualquier otra cosa y por eso no puede haber mayor alegría que dar la vida por ella…".

—¿Podía yo suponer que esa carta a mi hijo me salvaría la vida? ¿Con un hombre tan impredecible como Villa? Por supuesto que no. Mi buena suerte me salva la vida siempre en el último momento —comentó Obregón.

Serrano y los capitanes Robinson y Villagrán hicieron grandes elogios tanto de la redacción de la carta y las ideas que ahí se plasmaban, como de la actitud valiente y decidida de su jefe frente a Villa. Qué admirable exigirle que lo fusilara pero de ninguna manera lo humillara. No tenían duda, a partir de ahora, Villa sabría a qué clase de hombre se enfrentaba.

Sin embargo, quizá por detalles como éstos, años después, ya en plena lucha por la Presidencia de la República, es que Serrano se refirió a Obregón como "un farsante".

Luego de salir de la ciudad, empezó la llanura y unas tierras barbechadas, corrales vacíos y majada fresca entre cuatro estacadas de mezquite espinoso, casas de adobe enjarradas, con las tejas rotas, como caras sucias; osamentas de animales casi antediluvianas; perros fantasmas que ladraban al paso del tren; postes de telégrafo pegando latigazos a las nubes; todo dando tumbos hacia atrás en la ventanilla.

IV. "Yo soy yo, no tenga duda"

En 1939, don Rafael Álvarez y Álvarez fundó el Instituto Mexicano de Investigaciones Síquicas A.C., y a principios de 1940 se empezaron a redactar los protocolos de las sesiones que se dictaban, inmediatamente después de los trabajos, al notario Ruiz Isunza. Los participantes firmaban dando fe de la veracidad de los hechos observados.

¿A qué se debió la conversión de Rafael Álvarez y Álvarez? Su experiencia decisiva fue una operación incruenta a que se sometió hacia 1930, en una sesión en un pueblo de Oaxaca, durante la cual los "espíritus" le extrajeron, por intermediación de un médium singularmente dotado, Luis Martínez, los cálculos que tenía en los riñones. Los conservaba en una cajita forrada de terciopelo; correspondían a las sombras que destacaron en la radiografía tomada antes de la operación. En otra, tomada después de la intervención mediumnímica, ya no aparecía ningún cálculo. Ésta es la razón por la cual Álvarez y Álvarez invitó a Luis Martínez a la Ciudad de México para organizar las sesiones espiritistas en su casona de Tlalpan.

En los protocolos —publicados años después por Gutierre Tibón, filósofo, antropólogo e historiador italiano que llegó a México en los años treinta— aparecen las firmas, entre otras, del propio general Calles, de Miguel Alemán, de Ramón Beteta, de Ezequiel Padilla, de Félix Palavicini, del padre Carlos María Heredia, del poeta José Juan Tablada, del también poeta Jaime Torres Bodet. En ocasiones, no sólo don Rafael Álvarez, sino alguno de los invitados dictaba el acta de la sesión al notario. Por ejemplo, la del 3 de septiembre de 1943 fue dictada por Jaime Torres Bodet. No se trató de una sesión tan tranquila —y en ocasiones rutinaria— como era la mayoría, ya que escribe:

"En cierto momento, levitó la cajita de música por sobre nuestras cabezas y cayó bruscamente sobre el médium, lo que nos anunciaba que habíamos recibido la visita de una entidad chocarrera, ya que también zarandeó un poco la silla del médium, de quien, aún dentro del trance, se percibió su voz, apenas audible, pidiendo que se encendiera la luz, lo que se hizo enseguida. Se le encontró en estado de rigidez cataléptica, colocado con la cabeza colgando en extensión forzada sobre un brazo del sillón y los pies apoyados en el suelo únicamente por los tacones. Su palidez era impresionante. Después de esperar un largo rato, el señor Álvarez procedió a despertarlo frotándole la cabeza y las manos con alcohol, y se dio por terminada la sesión a las once y quince de la noche. Se levanta la siguiente acta para su constancia, que firman los presentes que asistieron a ella".

El propio Gutierre Tibón acompañó al general Calles a una sesión en que no sólo fueron visitados por entidades de luz, sino por alguno —o algunos— surgidos de lo más oscuro. Calles pasó por él con su chofer a la calle de San Lucas, en Coyoacán. Nada los hacía presagiar que asistirían a una sesión visitada por seres del Mal, como diría después Gutierre.

"Habría que calcular ese riesgo, siempre latente, en las sesiones espiritistas", comentó.

Ya en la casona de Tlalpan, la última luz de la tarde de julio, muy nublada, entraba cortada por las rejas de las ventanas y afuera el jardín tendido se disolvía, como si fuera ya de agua, en el atardecer. Don Rafael procedió a cerrar las cortinas y el general Calles tuvo la impresión de acceder, como siempre le sucedía, a otra dimensión, como a un sueño con los ojos abiertos.

Todo transcurría normalmente, con las primeras burbujas ardientes en el techo, hasta que de pronto una fosforescencia, pequeña y brillante, se acercó al médium. Su sillón empezó a oscilar, lo que parecía ser anuncio de una levitación. Don Rafael Álvarez y Álvarez tomó con fuerza la pata del sillón, intentando detenerlo, hasta que éste se le perdió en lo alto. Enseguida se encendió la luz —era lo que primero se hacía en estos casos—, pero, extrañamente, aun así continuó la levitación. En efecto, el médium fue levantado con todo y su sillón hasta casi tocar el techo con la cabeza, primero pesadamente y luego con suavidad y ligereza. Su respiración afanosa, por momentos agónica, se escuchaba en todo el cuarto. Luego se oyó un estruendo angustioso: las "fuerzas" que sostenían a Luisito allá arriba lo abandonaron y el pobre cayó ruidosamente en el centro del círculo. Se había lastimado y se quejaba dolorosamente, sobándose un codo; sin embargo permanecía en estado de trance. Todos los reunidos sabían que el ambiente estaba lleno de entidades oscuras, que trataban de desahogar en el médium su furor. Lo atraparon otra vez y lo arrojaron impetuosamente a un rincón, como quien lanza un fardo, y allí siguieron maltratándolo, golpeándole la cabeza contra el piso. Vanas fueron las exhortaciones y los rezos del círculo para que los seres del bajo astral, así llamados, abandonaran a su presa y el recinto. Alguien exclamó:

—Señor, perdónalos y a mí perdóname por estar aquí.

Los espíritus siguieron la tarea de terror que se habían impuesto: golpearon la mesa del centro con violencia tal que le arrancaron una pata, y arrojaron contra una pared la caja de música.

De pronto, hubo un prolongado silencio y se comprendió que, por fin, los oscuros seres que los visitaban se habían marchado. Regresó la respiración al círculo. Don Rafael y algunos más de los asistentes fueron por Luisito, lo cargaron y lo llevaron a alguna de las recámaras de la casa para atenderlo. El general Calles parecía en verdad afectado. Sus pensamientos se habían convertido en un zigzag incontrolable.

Invitó a caminar unos minutos a Gutierre Tibón. Salieron de la casona y pidió a su chofer que los siguiera. Había dejado de llover y el cielo se abrió. La luz de la luna le mostró a Gutierre Tibón la cara del general Calles comida por las dudas. El aire sabía a menta y los racimos de estrellas —algunas grandes y de luz soberbia, otras como llamitas de cerillo— parecían haberse acercado un poco más a la tierra.

Gutierre pensó en lo tranquilo y limpio que estaba todo allá arriba, en el cielo profundo, y el contraste con la amenazada convulsión permanente de aquí abajo.

De entrada, se puso a hablar de las estrellas. Cuando miramos una constelación tenemos más o menos conciencia del acorde, el ritmo que une a sus estrellas sueltas, algo que es más que su pura suma. ¿No había notado el general Calles que las estrellas sueltas, las que no alcanzaban a integrarse en una constelación, parecían más apagadas y tristes?

—El hombre debe haber sentido desde el principio de los tiempos que cada una de esas constelaciones era como un clan, una raza.

Pero Calles no estaba para digresiones filosóficas en aquel momento y prefirió hablar de su preocupación.

—¿Qué le ha parecido esta sesión, licenciado?

—Que aquí, como en todo, se manifiesta el Mal, general Calles —contestó.

—No lo entiendo. ¿Quiere esto decir que esas fuerzas del Mal tienen entidad propia, tanto como las del Bien? ¿Hay también en el más allá una lucha permanente, como la hay aquí?

Gutierre Tibón era un hombre alto y delgado, de facciones duras y piel correosa. A Calles le bastó tomarlo un momento del brazo, al esquivar un charco, para reconocer la energía empozada de sus movimientos, la determinación y lucidez que había visto en sus ojos, y se dijo que le bastó ese contacto fugaz para adivinar la dureza de sus huesos, el magnetismo de su piel.

—¿Cómo saberlo? —contestó Gutierre—. En mi opinión, los fenómenos provocados por los seres oscuros no representan, como lo sostiene el señor Álvarez y Álvarez, la demostración fehaciente de que hay espíritus malignos tanto como benignos, autónomos, con existencia propia, porque pueden ser, más bien, plasmaciones de malos pensamientos inconscientes de los participantes, o de un deseo de castigo, también inconsciente, por parte del médium.

—O sea: todo el misterio de estas sesiones está en nuestro inconsciente y en el inconsciente del médium.

—Yo así lo creo. Hay fuerzas y poderes en nuestro inconsciente que no sospechamos, y espero que algún día la ciencia nos lo compruebe. Mientras tanto, hay que continuar moviéndonos en el misterio, que por cierto es de lo más atractivo —sonrió y su mano hizo unos amplios movimientos, que parecían de esgrima—. Yo a veces pienso, en fin, que los creyentes en la vida futura se imaginan que será tan diferente de la vida presente que, siendo ésta esencialmente provisional, la futura será esencialmente definitiva. ¿Qué tal si al abordarla se les advirtiese que iba a ser tan provisional como la presente, que así como en la presente habrían tenido que ganar la futura, en la futura tendrían que ganarse una segunda y en ésta una tercera, y así indefinidamente?

Gutierre Tibón hablaba muy despacio. Las líneas de su rostro muy relajadas, aspirando con delicia la fragancia del aire.

Unas nubes de gasa habían empezado a ocultar la luna.

—La navecilla de la filosofía no se desmantelaría jamás en puerto alguno. Arbolada siempre de nuevo, cada puerto la haría salir al mar en una nueva y permanente navegación.

Y ahora fue él quien tomó del brazo al general Calles, quien parecía más bien pasmado y quizás hasta un poco mareado.

—En resumen —culminó Gutierre—, así como puede que la muerte no sea el naufragio definitivo que suponemos, puede que tampoco en la vida futura haya puertos definitivos.

En *Ventana al mundo invisible*, cuenta Gutierre Tibón: "Volví a ver al general Calles en forma de fantasma, varios años después de su muerte, en una de las sesiones del Instituto Mexicano de Investigaciones Síquicas. Dos veces se iluminó bastante para que yo pudiera reconocer la inconfundible fisonomía del caudillo: amplia la frente, los ojos pequeños, las cejas hirsutas, el bigote menudo, el mentón voluntarioso. Me saludó con una palmada en la espalda. También reconocí su voz: tenía la misma aspereza. Antes de hablar tosía ligeramente, como acostumbraba hacerlo en vida. ¿Qué dijo? ¿Cuál fue su mensaje? Algo de lo más simple. Después de saludar, habló así: 'Me siento muy satisfecho y como siempre me da mucho gusto estar entre ustedes. Les quedo muy agradecido a mis amigos por haberme encauzado en esta senda, que me ha conducido directamente al progreso espiritual, que yo tanto necesitaba'. Sin embargo, agregó unas palabras directamente a mí que me estremecieron: 'A mi amigo, el doctor Gutierre Tibón, quiero decirle que yo soy yo, que no tenga duda'".

También, días después de su muerte, su hijo Rodolfo, a través de un médium, recibió un mensaje del general Calles en que le decía: "Si alguna vez he sentido deseos de que los míos se formen una fe en nuestro mundo, es hoy, en que puedo informarles que la continuación de la vida es una realidad".

V. "Por eso fusílelo, porque dicen que es un santo"

La mañana del 13 de noviembre de 1927, el general Álvaro Obregón despertó al amanecer, como era su costumbre, con el canto de un gallo que parecía terminar de ahuyentar las tinieblas. Dormir poco, y con pesadillas constantes, era una mala costumbre adquirida desde adolescente en su casa de Huatabampo. Un débil rayo de sol que se colaba por entre las cortinas, lleno de polvillos en ascenso, destacó el perfil de los muebles.

Se levantó y se puso las pantuflas, sin la agilidad de antaño. Sentía una rara y dolorosa pesadez, desobediencia de músculos, con hincadas en la espalda, que no aliviaban masajes ni medicamentos, ni siquiera los cocimientos de hierbas preparadas por su masajista, la Lorenza, quien como buena hija de santero, mucho sabía de plantas y raíces, más eficientes la mayoría de las veces que los medicamentos de alta farmacia, anunciados en la prensa con hermosas alegorías y dibujos de convalecencia y salud recobrada. Jaló el cordón de la cortina de brocado con el sonido chasqueante de un telón que se levanta, que se abre a un paisaje insospechado donde todo era posible. Siempre admiró ese primer sol, que parecía a punto de dar un salto sobre la sombra inmensa, cuando empieza a reptar sus lenguas rojizas por el jardín. Entreabrió la ventana y respiró profundamente. Subía un olor herboso, muy penetrante.

Abrió las llaves de la bañera, templando el agua, a la que agregó algunas hojas medicinales para recomponer el cuerpo y ayudar, según le explicó la Lorenza, a la expectoración después de un día de fatigas, con poco sueño y abundantes pesadillas. Se friccionó la espalda con un cepillo de cerdas naturales y suavísimas. La limpieza, el cuidado del cuerpo, habían sido para él la única religión que practicaba a conciencia.

Nació un sol espléndido, alanceando techos y cristales, y empezó a calentar el baño.

Se sentía bien, con su nueva responsabilidad asumida. No podía resistirse —imposible resistirse— al llamado que le hizo el pueblo de México para que volviera a gobernarlo. Ninguna otra emoción podía comparársele a la del deber cumplido, a conducir a su pueblo, que por algo lo había empezado a llamar "padrecito". "Padrecito" de México, casi nada. Qué atractiva responsabilidad. Aunque —había que reconocerlo— sus partidarios tuvieron que violar "un poquito" la Constitución a fin de que pudiera reelegirse. El proyecto fue presentado por Gonzalo N. Santos, pero para todos era obvio que tenía al presidente Calles detrás, Obregón no hubiera dado un paso tan delicado sin su aval.

(Así lo contaría después el propio Gonzalo N. Santos: "Cuando la candidatura del general Obregón aún no se proclamaba, pero estaba sembrada en toda la República, el general Calles me mandó llamar a su residencia en Chapultepec y me dijo: 'Para que pueda volver el general Obregón a la presidencia, será necesario que vaya usted a entrevistarse con él a Sonora y hacerle ver de parte mía que es indispensable reformar la Constitución', y me entregó una carta sin firma, que decía: 'El Molinero del Norte (Calles) saluda al Buey Limón (Obregón) y le envía sus últimas impresiones, que nuestro enviado amigo le explicará de voz viva'. Obregón leyó la carta y me dijo: 'Bueno, si así lo juzga conveniente el general Calles, presenta tú el proyecto de reforma, pero eso sí, que se haga constar que no se trata de una reelección sino de una nueva elección después de haber dejado transcurrir un periodo intermedio'".

El 18 de octubre de 1926 se presentó a la Cámara de Diputados una iniciativa de reforma del artículo 83 constitucional —aprobada por una mayoría de 199 votos contra 7— que desaparecía la prohibición de la reelección presidencial, ya que el artículo 83 estipulaba que el periodo de ejercicio duraría cuatro años y que el presidente nunca podría ser reelecto.)

Reelegirse a los cuarenta y ocho años de edad, carajo. En 1940 tendría apenas sesenta años. En 1950, setenta y ocho. En 1960, ochenta. En 1968, ochenta y ocho. ¿Cómo sería México en 1968? ¿Qué retos enfrentaría? Imposible que su ojo de lince llegara tan lejos, pero estaba seguro de que su mano dura —había que gobernar con rienda corta, insistía— le sería tan útil al país entonces como ahora.

Salió de la tina y después de secarse se puso un talco muy fino, llamado de Venecia, especial para evitar la sudoración a lo largo del día.

Luego de algunas horas de trabajo en su casa, al mediodía salió a dar un recorrido en su auto por el bosque de Chapultepec: nada le atraía tanto como ver a "su pueblo" distrayéndose feliz, gozando de un día tan despejado como aquel domingo; después iría a comer a un reservado al restaurante El Mirador, a un lado del bosque, con algunos colaboradores, y al cuarto para las cuatro estaría en una barrera en la plaza de la Condesa para asistir a su afición predilecta: una corrida de toros.

No faltaban quienes lo reconocían a través de la ventanilla y lo saludaban con euforia. A algunos les daba la mano o besaba a los niños que le acercaban.

Siempre sentía nostalgia al recorrer Chapultepec; por momentos le parecían un sueño los años en que gobernó a su país desde ahí. Sueño que ahora iba a renacer, como un milagro. Recordó que él construyó la terraza, al occidente del castillo, con su pérgola y un primer monumento a los Niños Héroes, en la parte para ello demolida del que fue el Colegio Militar, hasta su mudanza en 1920 a San Jacinto.

Al regresar al Paseo de la Reforma se les acercó un Essex negro y les lanzó una pequeña bomba que, por suerte, no entró por la ventanilla abierta, sino que golpeó contra la portezuela y estalló al caer al piso, hiriendo el brazo que Obregón llevaba fuera. Trataron de seguir al Essex negro —el chofer de Obregón incluso disparó contra él—, pero logró escapar, aunque consiguieron apuntar el número de la placa.

Ya no asistió a la comida en El Mirador, sino que regresó a su casa a que un médico lo atendiera. La herida era profunda aunque no grave.

—Hijos de puta, más que morir, lo que me preocupa es que pude haber perdido la única mano que me queda. ¿Cómo iba a gobernar este país un presidente sin manos, yo que tanta alusión hago al puño cerrado y a la rienda corta? —le comentó, angustiado, a su amigo el licenciado Arturo Orci, quien lo acompañaba sentado a un lado del médico.

Le desinfectaron y le cosieron la herida. Le recomendaron reposo, que se metiera a la cama por lo menos aquella tarde y al día siguiente.

—¿Meterme a la cama? —protestó Obregón—. Por supuesto que no. A estas horas ya todo México sabe lo que ha sucedido. Si me meto a la cama, mis enemigos políticos se encargarán de esparcir el rumor de que estoy gravemente herido o, peor, de que de veras perdí la única mano que me quedaba —en sus ojos verdosos se había disipado la angustia y relampagueaba una lucecita salvaje—. Ahora más que nunca iré a los toros, tal como lo tenía planeado, y haré un amplio saludo al público. Es el mejor aparador para que todo el mundo sepa que estoy bien y mis enemigos se enteren de que han fracasado una vez más. Que Álvaro Obregón llegará a la Presidencia de la República pésele a quien le pese, porque así lo quiere y lo ha manifestado en las urnas la mayoría de los mexicanos... —y en voz baja le dijo a Arturo Orci: —Además de que torea Fermín Espinosa "Armillita", mi torero predilecto.

Gracias al número de las placas, la policía localizó el automóvil agresor y a quien lo conducía: Nahum Lamberto Ruiz. Sometiéndolo a severos interrogatorios y a diversas formas de presión —meterle la cabeza en un escusado hasta casi ahogarlo, jalarle los testículos, romperle los pulgares—, consiguieron conocer a los demás participantes en el atentado. El ingeniero Luis Segura Vilchis, los sacerdotes Miguel Agustín y Humberto Pro, y un obrero llamado Juan Tirado. Lograda su captura, Segura Vilchis asumió toda la responsabilidad e incluso confesó haber enviado varias remesas de armas y parque para los rebeldes católicos de Jalisco y Zacatecas.

Diez días permanecieron detenidos sin que se les instruyera ningún proceso, hasta que una mañana el presidente de la República mandó llamar a su oficina en Palacio Nacional al general Roberto Cruz, jefe de policía.

Cruz era un hombre más alto que bajo, tendiente a la gordura, de rasgos mestizos, con una insinuación asiática en los ojos algo sesgados. Iba correctamente uniformado, y como saludo al presidente chocó los talones de sus botas y se llevó marcialmente la mano derecha a la sien, mientras con la otra sostenía el kepí. Entró al despacho presidencial con un nudo en la garganta, presintiéndolo todo. Ese despacho —que tanto imponía a los visitantes— que fue el de los virreyes españoles, de dos emperadores y de varias docenas de presidentes supuestamente republicanos; pero sobre todo, el despacho, hasta aquel momento, del único presidente electo democráticamente por el pueblo de México: Francisco I. Madero.

Aquella mañana soleada, Calles lo llevó a un balcón del despacho, algo inusual en él y que delataba lo delicado del tema que quería tratar. La gente circulaba por la calle de Cadena, desde el anónimo transeúnte gris, burocrático, cabizbajo, con los ojos clavados en las puntas polvosas de sus zapatos, el atildado petimetre, pasando por el tlachiquero, encorvado bajo el peso del hinchado odre, hasta distinguidas mujeres con sombrilla, junto a otras con enaguas de vivos colores y huaraches. Circulaban sosegadamente, como en un carrusel, entre los gritos de indios vendedores de chichicuilotes, ocasionales bocinazos plañideros de autos y el chirriar del tranvía, con su trole chispeante, que giraría en la esquina de Letrán.

El general Calles nunca había sido propenso a exhibir sus emociones, siempre había sabido disimular los tumultos que agitaban sus sentimientos tras una máscara de perfecta serenidad, pero aquella mañana parecía de veras afectado. Cruz, por su parte, tenía en ese momento una mirada un tanto oblicua, como si mirase de costado para evitar el relumbre del sol o porque temía encarar a Calles, quien se acodó en el balcón.

—Lo mandé llamar por ese asunto tan delicado: el atentado del pasado domingo contra el general Obregón. Quiero que lo resolvamos de una buena vez. No podemos esperar más.

—Señor, acabamos de tomarle declaración a Segura Vilchis —contestó Cruz con voz insegura, carrasposa, como si al hablar, de lo profundo del cuerpo treparan hasta su lengua piedrecitas.

—¿Vilchis? ¿Un joven medio aristócrata que se echa la culpa de todo?

—Sí, señor. Se entregó por su propia voluntad cuando supo que estaban detenidos los hermanos Pro, a los que exime de toda culpa en su declaración.

—¿Ese sacerdote... el padre Pro, es el que habíamos estado buscando desde hace tiempo?

—Sí, señor. Tiene una gran habilidad para disfrazarse y se nos escabullía cuando ya estábamos a punto de echarle el guante.

—Y según la investigación, ¿hasta dónde llega su responsabilidad en el atentado?

—Parece... que no tuvo ninguna participación en el atentado, ni directa ni indirecta. Ningún testigo ha declarado contra él.

—¿Y sus hermanos?

—Roberto y Humberto, señor. Son hermanos menores del padre Pro y ellos sí que estaban entregados en cuerpo y alma a las acciones subversivas de la Liga Religiosa.

Cuando no hablaba, Cruz mantenía los dientes apretados. Había un leve brillo de sudor en su frente.

—¿Hasta dónde llegó la responsabilidad de ellos en el atentado?

—No lo hemos podido aún aclarar del todo, pero parece que fue sólo indirecta. Eran muy amigos del ingeniero Vilchis y le habían vendido un auto, el Essex negro con el que se realizó el atentado, y algo tuvieron que ver con el alquiler de la casa donde Vilchis fabricó las bombas.

—¿Pero decía de ellos que estaban dedicados en cuerpo y alma a las acciones subversivas de la Liga Religiosa? —la voz de Calles se endureció—. No se contradiga, por favor, general Cruz.

—Perdón, señor. Digo, sí señor. Aunque ya directamente en el atentado... —volvió a quebrársele la voz, le regresó el carraspeo.

—Alguna participación tuvieron que tener. Mencionaba usted lo de la casa y el auto.

—Sólo eso, señor. Pero necesitaríamos una investigación más a fondo para saber hasta dónde llegó su participación. El acta no está terminada, se necesita tiempo para entablar un proceso.

—Mire, general Cruz —un índice reflexivo subió a los labios del general Calles—, es necesario un escarmiento con toda esa gentuza. Ellos también son implacables en sus procedimientos, como usted lo ha visto. No importa hasta dónde llegue su responsabilidad en el atentado, sino su actitud franca y directa contra el gobierno. Ahora fue el general Obregón, mañana seré yo, después usted. Así que dé las órdenes correspondientes y proceda a la brevedad a fusilarlos a todos.

El impacto de desazón que le produjo la perentoria orden anegó de pies a cabeza al general Cruz.

—¿A todos? —preguntó con su voz carrasposa, casi inaudible.

—Sí, a todos. Inclusive a ese padre Pro, al que habíamos estado buscando desde hace tanto tiempo.

—Señor, él sí no... Parece que nada tuvo que ver en el atentado. No hay ninguna prueba.

—No importa —su tono de voz era de una claridad que no dejaba lugar a dudas—. Servirá de escarmiento para la Liga y para todos los que dudan de la firmeza del gobierno en este asunto. Si yo suponía que por cada iglesia cerrada la religión perdía un dos por ciento de sus fieles, imagínese con el fusilamiento de ese cura con vocación de cirquero.

—Dicen que ese hombre es... un santo —intentó defenderse con la última palabra, enfatizándola.

—Por eso hay que fusilarlo, general. Por eso. Precisamente por lo que dicen, será mejor el escarmiento —Cruz tuvo la impresión de que la quijada del presidente se volvía aún más cuadrada y en sus pequeños ojos nacía un brillo de ferocidad.

Quizá verlo así, desenmascarado, fue lo que lo motivó, un poco más seguro de sí mismo, a contradecirlo.

—Perdóneme que me meta en lo que no debo, señor. Pero por el respeto y la admiración que le tengo, me permitiría sugerirle en este caso... si no será más conveniente que consignáramos a los acusados a las autoridades judiciales, a un tribunal.

—¡No! —apretando aún más la quijada—. Hay que cortar el mal a tiempo, general Cruz. Ejecútelo en los jardines de la misma Inspección de Policía e invite a todos los periódicos. Que todo el mundo se entere, ¿está claro? En cuanto esté cumplida la orden, venga a darme cuenta de ella.

—Muy bien, señor presidente. Se hará como usted ordena.

Al despedirse, Cruz volvió a chocar los talones y a llevarse la mano a la sien.

Así, el 23 de noviembre de 1927 fue fusilado el padre Pro junto con los demás involucrados en el atentado a Obregón, en un patíbulo improvisado en los jardines de la Inspección de Policía, en pleno centro de la ciudad.

Las notas periodísticas, sin remedio, se centraron en él. Las fotografías son elocuentes. En la primera aparece saliendo de los sótanos, en el momento en que descubre a los soldados que van a darle muerte. Viste un traje oscuro y es de físico menudo, delgado, frugal, gastado por la mala alimentación y la vida tan agitada que ha llevado a últimas fechas. Parece más sorprendido que asustado y hay una interrogación dibujada en sus ojos. En otra foto, el mayor Torres, a cargo del fusilamiento, se acerca a él. Apoya la espada desenvainada en el piso de tierra apisonada. Luego declaró a la prensa que en realidad se acercó al padre Pro para pedirle perdón por lo que iba a hacer.

—¿Qué le contestó el padre Pro? —preguntó el periodista.

—Que no sólo me perdonaba, sino que me daba las gracias por el sacrificio que le iba yo a permitir ofrecer a Dios y a los hombres —contestó con ojos llorosos.

El padre se coloca en el lugar que se le designa, de frente al pelotón de fusilamiento.

El mayor Torres se vuelve a acercar a él y le pregunta si desea algo más.

—Que me permitan rezar un momento.

Se hinca, se santigua lentamente, cruza los brazos sobre el pecho, murmura un Padrenuestro, luego besa con devoción el crucifijo que lleva en la mano derecha y se pone de pie.

—Estoy listo —declara con voz pausada.

En sus labios se adivina una sonrisa interior, muy dulce.

El mayor Torres levanta la espada y ordena de un modo atropellado, con una voz tipluda que se le quedaba en la garganta:

—¡Apunten! ¡Fuego!

El padre Pro alcanza a gritar:

—¡Viva Cristo Rey!

Recibe la descarga con los brazos abiertos en forma de cruz.

Uno de los soldados se acerca a él y, a través del humo que habían formado los disparos, saca su pistola de la funda y sin inclinarse le dispara en la cabeza el tiro de gracia.

Son las diez y media de la mañana.

VI. "¿Qué tal si me le disfrazo del general Obregón?"

En una carta de junio de 1944 a José María Tapia —el único amigo con el que trataba el tema—, Calles vuelve a agradecerle que lo iniciara en el espiritismo y le confiesa que por las noches, a solas, en su estudio, había empezado a ver —a entrever, aclara él mismo— fantasmas...

Así, aquella noche, después de cenar frugalmente, subió a su estudio y se entregó a la molicie del sofá de cuero oscuro. Quizás influyó en su estado de ánimo que la noche anterior estuvo horas despierto, a oscuras, dando vueltas en la cama. Su única distracción era ver por la ventana, con la cortina entreabierta, las copas de los árboles y un pedazo de cielo, tachonado de estrellas. Desvelado, sentía el tiempo avanzar a saltos, con el ritmo de la sangre en las sienes.

Una lámpara de pie, atrás de él, difundía una luz amarillenta, que se extendía como una gran mancha en la alfombra. Desde el jardín le llegaba el run run del viento en los árboles. Quizá de veras por haber dormido tan mal la noche anterior, sentía un malestar itinerante que le recorría de la cabeza a los pies y en su mente chisporroteaban imágenes en una ronda enloquecida, incontrolable.

De pronto, sintió un ramalazo de miedo al ver que alguien estaba de pie a su lado.

La figura delgada y menuda del padre Pro, vestido de oscuro y con alzacuellos, le pareció a Calles, al momento de descubrirla, enorme, apabullante, agorera.

—Buenas noches, general.

Calles no contestó, crispado, con las quijadas apretadas. En sus ojos rebullía algo que podía ser pasmo o coraje, o las dos cosas a la vez.

La mirada del padre Pro, por el contrario, era clara y directa, sin asomo de incomodidad ni irritación.

"Es la culpa", se dijo Calles. "Esta aparición es como una pesadilla. Es producto de la maldita culpa". Pero en realidad esa culpa ya no le preocupaba mayormente (le habían ayudado tanto las sesiones espiritistas a purgarla). Desde hacía años, tuvo que aprender a convivir con ella. Era como el dolor, conocido y compañero, de un mal crónico del que uno no va a morir, porque ya sólo es posible morir con él.

—Buenas noches, general, le digo.

—¿Quién es usted? —preguntó con una voz manifiestamente falsa.

—Usted sabe quién soy, general, por Dios. ¿O no? Tanto tiempo de temer que apareciera. Quizá desde que asistió a la primera sesión espiritista, hace casi cuatro años. Cuatro años de esperarme, de temerme, de saber que finalmente llegaría. ¿Recuerda cuando asistió a la primera sesión espiritista, general? Lo llevó casi a la fuerza su íntimo amigo José María Tapia. Usted accedió para alejarlo de esas zarandajas, dijo. Iba a burlarse de las supersticiones... ¿cuántas veces usó la palabra supersticiones en sus discursos, general?, las supersticiones que tanto han detenido la evolución de la humanidad y, muy concretamente, el desarrollo de México. Y mire nomás. Ahora, como producto de esas zarandajas y esas supersticiones, aquí me tiene frente a usted, corporificado, a pesar de que usted mismo me quitó la vida. Usted me quitó la vida y usted me la da. ¿Me permite sentarme? —al tiempo que se sentaba en un sillón frente a Calles.

—¿Qué quiere de mí? —Calles se revolvió en su sillón, incómodo. Los ojos le bailoteaban en las órbitas.

El padre Pro tenía un brillo de satisfacción e ironía en sus ojos furtivos.

—¿Yo? Por favor, general. ¿Qué quiero yo? Usted me llamó. Soy producto de su imaginación y, me temo, más bien le debo parecer un demonio que el santo aquel que mandó fusilar.

—¿Es usted sólo eso, producto de mi imaginación? —y recordó sin remedio su plática con Gutierre Tibón sobre el inconsciente y la culpa en las apariciones de las sesiones espiritistas.

—Ah, general. ¿Otra vez con las dudas? —contestó Pro con un movimiento del índice que parecía seguir unos ocultos compases musicales—. A estas alturas podría resultarle peligroso para su salud, ya de por sí tan quebrantada. Por eso digamos que soy lo que usted quiere que sea. Sólo eso. ¿Le parece? Y, le ruego, no haga más preguntas sobre la fe porque rompería el hechizo y me obligaría a desaparecer.

—Pues a pesar de haber asistido cada semana durante cuatro años a una sesión espiritista, a pesar de haber visto corporificarse ante mí a una gran cantidad de fantasmas, aun así, hoy, aquí ante usted, tengo dudas.

—Quizá porque nadie puede estar seguro de nada, y ésa es una condición humana que, de haberla reconocido desde mucho antes, muy especialmente cuando era usted presidente de México, le hubiera ahorrado un montón de problemas. A usted y al país. No sabe qué benéfica es la duda, para humanizarlo a uno y hasta para creer en algo más. ¿No dudó Cristo en la cruz y le preguntó a su Padre por qué lo había abandonado? Imagínese yo ante el pelotón de fusilamiento. Con mis dudas, le aseguro, me acerqué más a Cristo. ¿Pero cómo iba a dudar en algún momento de su carrera política Plutarco Elías Calles?

Si cada uno de nosotros es muchas personas, en aquel momento, el general Calles sintió que regresaba a él una personalidad casi olvidada.

—Yo no podía dudar. No eran momentos para dudar. Quizá por eso las dudas de ahora me atormentan tanto.

—Qué limitación de ustedes los políticos: eliminar las dudas de su vida. Ser de una pieza, concretos, como de piedra. Disparar un arma, o tomar una decisión cualquiera, sin que les tiemble el pulso. Qué horror, general. Verá que las dudas de ahora, aunque afecten tanto la salud, resultan de lo más benéficas a su espíritu. ¿Es que no puede reconocer que su incapacidad para dudar le hizo tanto daño a su alma?

—¿A mi alma?

—Sí, a su alma, que para elevarse necesita, como del aire para respirar, de la humildad, del sufrimiento y de las más dolorosas dudas.

Calles se puso de pie y, de golpe, le renació una voz antigua, que casi creía olvidada. Le pareció que la sangre de sus venas volvía a circular por su cuerpo.

—Eso puede suponer usted, cómodo sacerdote, pero ¿podía yo dudar con Serrano, un alcohólico y tahúr que hubiera destruido al país si lo dejamos en sus manos? ¿Podía dudar con el arzobispo Moral del Río cuando declaró que la Iglesia combatiría hasta reformar los artículos tercero, quinto, veintisiete y ciento treinta de nuestra Constitución vigente? ¿Podía dudar cuando la invasión de Estados Unidos a México era cuestión de horas por el conflicto del petróleo y amenacé abiertamente al presidente norteamericano con una carta en que adjuntaba —ya encarrilado en sus palabras, Calles se sintió en sus mejores tiempos, como al pronunciar ciertos discursos—, en que adjuntaba documentos originales importantísimos que deseaba que conociera antes de que se cometiera el crimen de invadir nuestro territorio nacional; en la inteligencia de que, si después de leer tales documentos, el gobierno de los Estados Unidos seguía en su actitud de agresión contra México, los daría yo a la publicidad para que el mundo juzgara el atropello inaudito que iba a cometerse con un país débil, que sólo trataba de defender su soberanía? —tuvo que respirar profundamente para continuar—. Y al mismo tiempo que mandé esa carta, ordené al general Amaro, mi secretario de Guerra, incendiar las instalaciones petroleras tan pronto desembarcaran los primeros marinos norteamericanos...

Calles disimulaba el manifiesto nerviosismo que lo invadía elevando aún más la voz y gesticulando. Agregó:

—¿Podía dudar, padre Pro? Bah, usted qué puede saber sobre decisiones que determinan el rumbo de un país. Su apacibilidad y su vocación de martirio lo alejan de esas mundanalidades.

—Eso es cierto —y le obsequió a Calles un suspiro sincero—. El problema es que ya es pasado, para bien o para mal, y en cambio nuestra representación en estos momentos...

—¿Representación? —preguntó Calles cuando estaba a punto de volverse a sentar en su sillón.

—¿No le parece que todo esto de sus dudas y de invocar mi fantasma es puro teatro? Una obra que usted mismo ha montado, producto de su vocación por el espiritismo. Pero yo encantado, se lo aseguro. Usted sabe, porque usted sabe casi todo sobre mí, cuánto me gustaba el teatro. Me disfrazaba de los más variados personajes para escabullirme de los perseguidores que usted mandaba tras de mí. Salía de la casa donde oficiaba misa clandestinamente disfrazado de plomero, de barrendero, de catrín, hasta de policía me disfracé un día. Y si uno termina por ser el disfraz que se pone...

—¿Y yo quién terminaré por ser? —con un simulacro de sonrisa en sus labios.

—Éste que es ahora, general. No se preocupe. Hay coherencia en su actuación. Desató la guerra religiosa más absurda y cruel que conozca el país, mandó eliminar con absoluta frialdad a todo el que se cruzó en su camino, su ambición de poder fue infinita y, finalmente, ya viejo y achacoso, se convirtió en espiritista y su mayor preocupación hoy es la fe en la otra vida y su permanencia en el más allá. Ah, general, su ambición sigue siendo infinita: permanecer siempre, aquí y allá, en los dos mundos, al precio que sea. Hasta al precio de ver aparecer ante usted al fantasma del padre Pro.

—Precio alto, por lo que me doy cuenta al escucharlo.

—¿Y para qué? ¿Para mitigar el dolor y la culpa que todo este proceso le han implicado? ¿Quién iba a decirlo? El padre Pro está aquí, en forma de fantasma, para mitigar el dolor del general Plutarco Elías Calles...

Ahora fue el padre Pro quien se puso de pie, juntando las manos y mojándose los labios con la puntita de la lengua. Habló en forma muy pausada.

—Mitigar el dolor. Fuera de quien fuera. Y si era de un gran pecador, mejor. ¡Almas, almas, quiero rescatar almas!, dicen que gritaba yo al volver de la anestesia cuando me operaron del estómago. Imagínese qué bello, general, rescatar la de usted.

—Sí, bellísimo. Como para sacar una versión taquigráfica y luego incluirla en los libros de texto —ahora sí con una sonrisa abiertamente burlona.

—Dudo que se lo permitieran. Este tipo de cosas es mejor mantenerlas en secreto. Como el hecho de que, a pesar de la persecución religiosa, algunos de sus generales de más confianza, como Amaro y Roberto Cruz, su secretario de Guerra y su jefe de la policía, casi nada, toleraban la misa diaria, clandestina, en sus casas. La madre y la esposa de Amaro fueron detenidas en una ocasión durante una misa clandestina y usted lo supo. Y no se diga esas dos mujeres, primas suyas, que militaban en la Liga Religiosa y llegaron hasta prestar su casa para almacenar municiones destinadas a los cristeros.

En Calles nació una mirada fija y dura, que aparecía y desaparecía en sus párpados nerviosos.

—Siempre dije que la religión católica era cosa de mujeres. Y, claro, de curas como usted.

Pro continuó de pie. Se frotaba las manos y se mordía ligeramente el labio inferior mientras hablaba.

—En eso tiene razón, general. La religión católica es cosa de hombres como yo y la política en México es cosa de hombres como usted. Por eso le propongo que no demos más rodeos y entremos en materia, dada nuestra alta representatividad. Le confieso mi temor a desaparecer con uno de esos golpes de duda que ahora padece. ¡Paf!, de repente ya no está ante usted el padre Pro. Y no resisto la curiosidad de hacerle una pregunta que me acicatea desde que llegué. Si regresara el tiempo, general, ¿me volvería a fusilar?

Los dedos de Calles parecieron hundirse en los brazos del sillón.

—Vamos, general —agregó Pro—. A mí me puede decir la verdad. Recuerde que no soy sino un reflejo de usted, de sus dudas y de sus remordimientos. Digamos que la pregunta se la está haciendo a sí mismo.

Calles se volvió a poner de pie, dando incluso dos pasos para acercarse al padre Pro, y antes de responder, su garganta emitió un quejido áspero.

—¡Tenía que hacerlo! ¡Y lo volvería a hacer! ¿Me escuchó, verdad padre Pro? —y le clavó unos ojos pugnaces—. Lo volvería a fusilar porque, a pesar de las dudas y los remordimientos de ahora, creo que le hice un gran servicio a México persiguiendo a la Iglesia como la perseguí.

—Y un gran servicio a la Iglesia, que de tiempo en tiempo necesita de persecuciones como ésa para arraigar aún más en el pueblo. Y ya no se diga el servicio que me hizo a mí, que siempre tuve vocación de mártir.

—No me importa el beneficio que haya hecho a la Iglesia, que de todo saca beneficio, al perseguirla. Me importa que detuve, aunque sólo fuera momentáneamente, la ola de ambición infinita, ésa sí infinita y no la mía, padre, de la Iglesia Católica sobre mi país. Ambición que, por lo demás, no tiene nada de espiritual.

—Qué choque de ambiciones, general: la de usted y la de la Iglesia.

—Pero no se engañe, padre Pro —la ironía era como un bálsamo que atemperaba la dureza de su voz—. No era sólo mi ambición personal. Era más, mucho más que eso. Incluso, mucho más que el conflicto local entre la Iglesia y el Estado mexicano; conflicto que desde la Edad Media se ha dado en casi todos los países que intentan progresar. Vamos, no sólo era la disputa centenaria entre el poder secular y el espiritual, entre la razón y la sinrazón. Era, a fin de cuentas, y para decirlo con palabras que le serán familiares, una manifestación más del encuentro eterno entre... la luz y las tinieblas. Hoy lo he confirmado gracias a las sesiones espiritistas.

Calles regresó a su sillón y se dejó caer en él pesadamente.

—Y en ese encuentro, ¿no me diga que usted simboliza la luz... y yo las tinieblas? —sonrió abiertamente y fue a ponerse a un lado de Calles—. Y yo que recordaba tanto en relación con usted las palabras de San Pablo: "Ésta es vuestra hora, y vuestra hora es la potestad de las tinieblas".

Calles prefirió no verlo a los ojos y habló mirándose las puntas de los zapatos.

—La luz es razón y progreso, padre Pro; nunca superstición y atavismo. ¿Usted cree que bajo el manto de la Iglesia Católica hubiera podido realizarse la unión y el progreso de la nación mexicana, que yo inicié? Todo lo contrario. Porque la doctrina de la Iglesia se sustenta en el estancamiento y niega la libertad, niega el libre examen y exige del hombre actitudes espirituales tan humillantes como la de consentir y tener fe en dogmas absurdos, que van contra la razón, y en aceptar prácticas destructoras de la personalidad humana como la confesión y la intromisión del sacerdote, supuesto representante de Dios, en la vida íntima de la familia. Cada mujer que se confiesa es una adúltera y cada marido que lo permite un alcahuete. En la confesión reside el secreto malévolo de esos hombres negros, retardatarios...

—Aves negras de mal agüero, como yo —y Pro hizo el simulacro de acomodarse el alzacuello.

—Sí, como usted —y ahora sí lo enfrentó directamente a los ojos—. Perdóneme, padre, pero tengo fobia desde muy joven a la hipocresía de los curas. En mi archivo siempre guardé unas cartas de amor del obispo Ignacio Valdespino a una dama sonorense, además de otros documentos que involucraban a curas lascivos del Seminario Conciliar de Hermosillo en cuitas amorosas. Por eso promoví que se sacaran los confesionarios de las iglesias y se los quemara públicamente...

—Además de destruir los altares y fusilar las imágenes de los santos.

—No son sino símbolos, padre Pro, del daño que ha causado la Iglesia entre nosotros, sobre todo entre las mujeres. Qué pena. Hemos arrebatado al clericalismo la niñez con la votación del artículo tercero. ¿Por qué no hemos de arrebatarle ahora a la mujer? De la mujer se sirve para sus fines políticos; la mujer es el principal instrumento de la clerecía.

—Qué barbaridad, general, menudo problema. No le aconsejo que se meta con lo que digan o dejen de decir las mujeres, sea en el confesionario o en cualquier otro sitio. Pero no sólo ellas. No tiene usted idea de los problemas que los fieles dejan en los confesionarios, y que finalmente le evitan al gobierno. Mire, de los veinte millones de habitantes que tiene hoy México, más de dieciocho son católicos que insistirían en confesarse, y necesitaría usted dieciocho millones de agentes policiacos para que estuvieran detrás de esos dieciocho millones de católicos.

—Lo que dice usted es una mentira —Calles lo apuntó con un índice tembloroso—. Pero aunque la gran masa fuera católica, le aseguro que lo importante es la minoría laica, ilustrada y progresista, que ha conducido a México desde los días de sus dos más grandes excomulgados: Hidalgo y Morelos. El pueblo terminará por comprenderlo, aunque hoy esté pagando con su sangre esa posibilidad de comprensión.

El padre Pro pareció no tener más remedio que encogerse de hombros.

—Noventa mil muertos, general. Pobres campesinos soldados que combatían a otros pobres campesinos cristeros. Veinticinco generales y ciento cincuenta personas fusiladas sin juicio previo. Entre ellas yo, por supuesto. Pero aun fusilar... Yo tuve la suerte de que nomás me fusilaran, porque hubo otros, hubo tantos otros... Cristeros a los que se les atravesaba el cuerpo con la bayoneta y luego se les arrastraba por las calles del extremo de una cuerda. El cadáver se colgaba, se exhibía para dar ejemplo. Durante su mandato, general, se torturaba, se decapitaba, se deshuesaba, se descuartizaba, se desollaba viva a la víctima, se castraba al moribundo, se entregaba a los perros y a los cuervos el apestoso muerto católico. Sus oficiales tomaron muy en serio su odio a los católicos, general. Cumplieron al pie de la letra sus órdenes, interpretaron su sentir.

Por eso se llegó a extremos verdaderamente patéticos: su general Eulogio Ortiz fusiló a uno de sus soldados tan sólo por descubrirle en el cuello un escapulario. Por eso también, para demostrar lo bien que habían cumplido, sus oficiales fotografiaron las atrocidades que cometían, para que usted las viera y se regodeara en ellas y creyera de veras que el Estado le ganaba la batalla a la Iglesia, y la verdad es que el único que perdía la batalla era el pueblo, general, su pueblo por el cual, supuestamente, usted hacía lo que hacía. El dolor de cada uno de los mexicanos que pelearon en esa guerra absurda vale más que todas las ideas y discursos en que usted se basó para desatarla.

—Podía costar más muertes, todas las muertes que fueran necesarias. Mi país ya no podía detenerse.

—Usted mismo ya no podía detenerse, ¿verdad? Digo, supongo.

Al padre Pro le pareció que Calles temblaba, conmovido.

—Yo mismo ya no podía detenerme. El pueblo de México comprenderá finalmente que las dictaduras pretorianas clericales de Porfirio Díaz y de Victoriano Huerta, contra las que ha venido luchando heroicamente, han tenido toda la simpatía y todo el apoyo de la Iglesia, que siempre ha procurado evitar que se haga luz en los cerebros de los oprimidos y ha querido remachar las cadenas de los que sufren. Porque la ambición de la Iglesia sí que es infinita, y para conseguir el poder absoluto ha procurado siempre la alianza con gobiernos reaccionarios y despóticos y hasta con invasores extranjeros, y cuando no ha tenido para ayudarle a un Santa Anna, ha llamado de Europa a un Maximiliano. Ésa es la Iglesia Católica y mi pueblo terminará por comprenderlo. Por esa verdad me muero.

—O se condena.

—Sí, o me condeno —hizo un gesto despectivo agitando una mano; daba la impresión de que esas rachas de coraje desatado aguzaban su lucidez, convertían su cabeza en una hoguera crepitante—. Hasta eso estuve dispuesto a arriesgar... Usted me pregunta si volvería a fusilarlo, padre Pro, y yo le respondo que probablemente sí, pero que su fusilamiento es secundario, porque la pregunta que deberíamos hacernos es qué hubiera sucedido con el país entero si no le pongo a la Iglesia el freno que le puse. ¿Con qué derecho unos eclesiásticos, servidores ayer del rey de España, y de don Porfirio y de Victoriano Huerta, reclamaban la independencia de la Iglesia y la transformación de nuestra Constitución, en el momento de la mayor ofensiva norteamericana contra la Revolución?

—Qué barbaridad, general. Entonces, ¿en verdad cree que esa guerra religiosa que desató sirvió de algo a nuestro pobre país?

—No sólo creo que fue necesaria, sino que los gobiernos que vengan después del mío deberán servirse de la guerra que desaté para prevenir a la Iglesia de que en México no estamos ya dispuestos a echar marcha atrás. Por eso la pregunta que debemos hacernos es ésta: abandonando otra vez el espíritu de México bajo la Iglesia Católica, ¿procedería ésta en forma distinta a como lo hizo hasta que las Leyes de Reforma se le enfrentaron? Fíjese bien, padre Pro: puedo asegurarle que tan pronto como faltaran los valladares de las Leyes de Reforma y de la guerra que yo desaté, la Iglesia Católica haría que México volviera a ser, en lo espiritual y en lo político, lo que había sido hasta 1856...

—Qué capacidad para autoengañarse, general. Porque, además, usted sabe que esa guerra la inició y la continuó por su sumisión y doblegamiento ante el único hombre que de veras tuvo ascendencia y autoridad sobre usted: Álvaro Obregón. A mí, que tanto me gustaba disfrazarme, ¿qué tal si para aligerar esta ríspida conversación me le disfrazo un momento de Álvaro Obregón? Permítame —y abriendo las manos y mirando hacia lo alto, con la capacidad que tenía el padre Pro de volverse encantador de serpientes cuando se lo proponía, se le vio instantáneamente transformado en Álvaro Obregón.

VII. Y alcanzó a escuchar otros disparos a su lado

La luz que bañaba el aire era de amanecer: primeriza, balbuciente. Empezaba a colorear el jardincillo enrejado, con un limonero en su centro.

Ese martes 17 de julio de 1928, José de León Toral estuvo horas despierto, escuchando la respiración acompasada de Pacita, su esposa, a su lado, ella sí, dormida profundamente. Por fin, casi al amanecer, logró conciliar un par de horas de sueño. Lo primero que pensó, antes de abrir los ojos, fue: "Tiene que ser hoy". No que la madre Conchita le haya ordenado lo del atentado contra el general Obregón, pero se lo sugirió. Una tarde fue a visitarla al convento y lo recibió blandiendo un periódico:

—Mira, Pepe, otras cuatro personas se fueron al cielo porque murieron por la causa.

Su mirada encendida, sus manos, su piel muy blanca, parecían en efervescencia dentro del hábito. Continuó en el mismo tono:

—Fueron atrapadas celebrando una misa a escondidas, mandadas fusilar en el Ajusco. Qué suerte, ¿no? Gente joven, muchachos que dejaron novias, familias, estudios, y que decidieron morir por Dios Nuestro Señor. Imagínate la gloria que les espera —y le acercó el periódico—. Éste, por ejemplo, tan jovencito, al lado de su novia cuando se graduó de ingeniero civil. Míralos qué tiernos, tomados de la mano. Lo feliz que estará ya el suertudo muchacho en el cielo, a la vera de Dios Padre.

A José de León Toral también estuvieron a punto de detenerlo, y seguramente luego fusilarlo, en una misa clandestina. "Nadie baja vivo de una cruz", como también le había dicho en alguna ocasión la madre Conchita.

Fue en una casona de Coyoacán, con una capilla al fondo del jardín. De llegada, los asistentes a la misa se saludaron muy serios. Los misales eran su distintivo, y en los ojos lo que parecía el brillo de la devoción. A Toral, el incienso y las flores deshojadas empezaban enseguida a reconfortarlo. El padre Beltrán que ofició la misa —buen amigo y al que no volverían a ver ni a saber de él— era un hombre de mediana edad, con un como fuego interior que transmitían sus ojos negros. Usaba el pelo engominado, un bigotito muy fino y tenía unas entradas que avanzaban por ambas sienes hasta media cabeza.

Apenas los veía, decía lo de siempre:

—Ahora sí, en cualquier momento nos caen encima los federales. Me han dicho que no caben más católicos en las bartolinas de la Inspección de Policía.

También se hablaba de que el general Calles, con ocasión de la apertura del Congreso, anunció ostentosamente que ya había cerrado doscientos veintinueve colegios y trescientos catorce templos, capillas e instituciones de caridad. Y que su diabólica labor apenas empezaba porque sería mucho peor apenas llegara al poder Álvaro Obregón.

Sin embargo —comentó otro con entusiasmo—, el día de la fiesta de Cristo Rey hubo una peregrinación hacia la Basílica de Guadalupe como no se había visto en México. ¿Quién iba a reprimirla? Comenzó a las cuatro de la mañana y terminó a las ocho de la noche. De los cerros de los alrededores se vio bajar a hombres y mujeres en oleadas, los caminos que dan acceso a la capital se congestionaron, la calzada de Peralvillo era un río de gente. Los federales y los bomberos se resignaron a verlos pasar, incrédulos y con toda seguridad corroídos por la envidia. Niños con túnicas blancas y coronitas de espinas; mujeres que avanzaban dificultosamente de rodillas, desollándose, las manos encadenadas a los rosarios; hombres, también de rodillas, con escapularios de nopal.

—Yo vi a un joven de la alta sociedad con los pies ensangrentados.

—Yo a una familia como de clase media, todos descalzos. Seis niños y los papás. El papá, al frente, llevaba en las manos los zapatos de todos. Los niños no dejaban de llorar. Claro, pobrecitos.

—Un hombre traía la cintura ceñida con pencas espinosas.

—Había un grupo de catrines muy emperifollados que cantó partes del *Mesías* de Händel durante todo el camino. En el Aleluya no pude evitar llorar.

Pacita, la esposa de Toral, no podía guardarse su comentario predilecto, a través de la neblina que velaba sus ojos empañados y unas manos abiertas como de en verdad estar ya en las catacumbas.

—¡Como los primeros cristianos!

Hasta que una de esas noches, en plena misa clandestina les cayeron encima los federales. Estaban apenas en el introito —Toral repetía: *Quasi modo geniti infantes, alleluia*—, cuando se abrió la puerta de la capilla de golpe y una hilera de bayonetas apuntó sobre ellos, contundentes y afiladas, como centellas de metal.

¿Hacia dónde correr si estaban en una ratonera? Qué doloroso llamar así a aquella hermosa capilla, pero era la verdad, pensó Toral.

Un par de jovencitas, entre aspavientos y gritos, se puso a dar vueltas alrededor de la reducida capilla, como hormigas espantadas.

La mayoría cayó de rodillas —Toral tomado de la mano de Pacita—, en un movimiento conjunto y ondulado, como una ola que se abatiera sobre una playa, y el potente rumor de un Padrenuestro retumbó en las paredes. Algún otro, sin embargo, avanzó de plano hacia la puerta con el pecho de fuera y la barbilla levantada, como dispuesto a que lo fusilaran cuanto antes. Una mujer interrumpió la oración con el grito de: "¡Viva Cristo Rey!" y enseguida todos la secundaron:

—¡Viva Cristo Rey!

El padre Beltrán inició un responso:

—*Liberame Domine, de morte aeterna, in die illa tremenda, quando celli movendo sunt et terra. Dum veneris judicare saeculum per ignem.*

Pero no eran los fusiles y las bayonetas apuntando hacia ellos lo que los hacía temer una catástrofe, sino las miradas alucinadas de los soldados. Toral pensó que un gesto, una sospecha, un grado más de fiebre en su permanente delirio, en su helada indiferencia hacia la muerte, los hubiera empujado en cualquier momento a disparar. Además, con que uno soltara el primer disparo, seguro los otros lo imitarían. Entonces hubiera tenido razón Pacita, cuando repitió su grito predilecto por aquel entonces:

—¡Somos mártires!

Pero no dispararon sobre ellos ni los detuvieron, sólo hicieron pedazos el altar —¿cómo olvidar el momento en que Toral vio volar por los aires el cáliz?—, luego los echaron fuera de la casa, y al padre Beltrán, a él sí, se lo llevaron a empellones y al final casi a rastras. Estaba muy pálido y despeinado —con su pelo engominado sobre la frente— y continuaba en voz alta:

—*Dies illa, irae, calamitatis et miseriae, dies magna et amara valde. Dum veneris judicare saeculum per ignem.*

Luego de un rato —en la cocina de la casa les ofrecieron un té de hierbabuena con mucha azúcar, muy amables— Toral y Pacita se fueron a su casa, con la emoción de lo sucedido todavía papaloteándoles en el estómago. Ya en su casa, Toral le dio a Pacita mucho migajón para recoger la bilis.

—Madre, yo quisiera hacer algo por ayudar a nuestra Iglesia —recordó Toral que le dijo a la madre Conchita aquella última vez que la visitó en el convento.

—Yo también, Pepe —respondió la madre languideciendo su mirada—, ¿pero qué puede hacer una pobre mujer como yo?

Fue entonces cuando le contó que su amor por Cristo era tal que mandó preparar un sello de metal que calentó al fuego y ella misma se lo aplicó en el pecho, dejándole una marca como las que se ponen a los animales. Una marca con una cruz y con las letras J.H.S. Y también le contó que, cuando entró a la comunidad de las Capuchinas Sacramentarias, había una superiora que les infundía la idea del martirio como la más alta meta de una monja. Pero que esa meta debía ser jubilosa. Incluso, le dijo, a veces (en el tiempo que tenían de descanso) cantaban y bailaban en el jardín ella y sus compañeras, pidiendo a Dios: "Queremos sufrir y morir por Cristo".

Y a la madre Conchita se le nubló la mirada al recordarlo. Toral le dijo que la huella que aquella superiora le había dejado era aún más profunda que la que llevaba en el cuerpo.

—Usted es una santa, madre Conchita, una verdadera santa, y nos ilumina con sus pláticas. Ha mantenido el culto abierto en esta casa, valientemente, y cada semana visita a los presos católicos en la penitenciaría, ¿le parece poco?

—Nada comparado con lo que podría hacerse, Pepe —y miró hacia lo alto y en sus ojos nació un brillo sublime.

Entonces le contó a Toral lo del rayo que causó la muerte del aviador Jesús Carranza, hacía poco tiempo, algo que determinó a Toral a actuar contra Obregón.

—Ésa fue la voluntad de Dios, mandarle un rayo desde el cielo para que se cayera su avión, ¿verdad, Pepe? Aunque uno no puede dejar de pensar, ¿no hubiera sido mejor que ese rayo cayera sobre la cabeza del general Álvaro Obregón? Entonces terminaría el conflicto religioso. Volveríamos a celebrar misa y a confesar y a comulgar libremente. ¿Imaginas qué dicha? México volvería a ser México, con Jesús iluminándonos como un sol.

La indignación subió a los labios de Toral como una ola amarga.

—¿Por qué entonces no lo dispone así Dios Nuestro Señor, madre, y de una vez por todas hace que le caiga un rayo en la cabeza al general Obregón?

—Pues porque espera que nosotros, los creyentes, lo hagamos por Él, Pepe.

Fue todo lo que le dijo la madre Conchita, pero suficiente para decidirse, ya sin ninguna duda, a acabar con la vida del general Obregón.

"Tiene que ser hoy", se repitió mientras iba al baño, tratando de hacer el menor ruido posible para no despertar a Pacita. El agua fría en la cara lo terminó de despertar. Se vistió con un traje oscuro y chaleco. Los dedos vacilaron en el nudo de la corbata. Con sumo cuidado sacó de un cajón de la cómoda, debajo de su ropa interior, la pistola calibre 22 (que acababa de comprar unos días antes, sin él saberlo, a un espía del gobierno infiltrado en la Liga Religiosa), y se la guardó en el bolsillo interior del saco.

Al darle a Pacita un beso en la frente, la despertó. Ella quiso pararse para hacerle algo de desayunar y despedirlo, pero él no la dejó. Estaba embarazada y le recordó que el médico dijo que debía permanecer lo más posible en reposo. Levantó las cobijas y amorosamente le dejó un beso en el abultado vientre al hijo que ya no conocería. Se le nublaron los ojos y fue el momento de mayor duda respecto a lo que iba a hacer. Pero se repitió que había que hacerlo, alguien tenía que hacerlo, respiró profundamente y ahora le dio un ligero beso en los labios a Pacita. Ella tenía unos ojos lánguidos, de aguas misteriosamente quietas, que sólo agitaban la intuición de que algo grave podía pasarle a su marido.

—Regreso tarde, no me esperes a comer —dijo al final, y fue a la recámara de sus hijos, Juan y Esperancita, quienes seguían dormidos, a dejarles una bendición en la frente, sin despertarlos. Era mejor salir de la casa cuanto antes.

Al ir por la calle, a toda prisa, parpadeaba constantemente y parecía hablar solo. Miraba el sol, aún joven, extendiéndose en la calle, los jardines ocasionales, los edificios grises. En realidad iba rezando la oración de los cristeros:

"Jesús misericordioso: mis pecados son aún más numerosos que las gotas de la preciosa sangre que derramaste por mí. No merezco pertenecer al ejército que defiende los derechos de tu Iglesia y lucha por Ti. No he sabido hacer penitencia. Por eso sólo quiero recibir la muerte, como castigo merecido por mis pecados. No quiero pelear, ni vivir, ni morir, si no es por tu Iglesia y por Ti. Concédeme que mi último grito en la tierra y mi primer cántico ya en el Cielo sea ¡Viva Cristo Rey!".

A las ocho de la mañana fue al departamento de su amigo, el sacerdote José Jiménez, a confesarse y a comulgar. Le contó su intención de aquel mismo día matar al general Obregón.

—¿Y por qué no al general Calles? —el padre Jiménez era un hombre mayor, enteco y arrugado, tenía una expresión grave.

—El general Calles va de salida —contestó Toral sin una gota de duda en la voz—, y creo al general Obregón, presidente electo, director intelectual de una situación imposible e intolerable para los católicos.

En los ojos de Toral titilaba una fuerza, un convencimiento indomable.

Continuó:

—Estudié el pasaje de la Biblia que tiene muchos puntos de contacto con las actuales circunstancias, y lo que más me impresionó fue que Judith obró sola. Se dedicó a la oración y el día en que resolvió salir hasta el campamento enemigo a matar al tirano, dijo a los ancianos del pueblo: "Encomiéndenme a Dios. No les puedo decir lo que voy a hacer. Nada más pidan a Dios por mí y será suficiente". Eso fue lo que más me impresionó. De manera que yo también decidí obrar solo, bajo la guía del Señor. Se necesitaba que alguien se sacrificara y evitara más derramamientos de sangre. Que no haya ya más sangre que la del general Obregón y la mía.

Luego Toral comulgó y al final le pidió al padre Jiménez que bendijera su pistola. Sacarla del bolsillo interior del saco, ponerla en la mano del padre y ver cómo éste hacía la señal de la cruz sobre ella, acabó con las últimas dudas que podían quedarle, como aquellos raptos de terror que parecían helarle la sangre cuando se despertaba sudando frío a partir de que tomó la decisión.

Comió unos bísquets y un café con leche en un café de chinos al que iba con frecuencia. Le gustaba sentarse en una mesita del fondo, junto a una ventana empañada de grasa, cerrada siempre contra una calle de imparable ajetreo y fantasmas.

En la casa Pellandini compró un bloc de dibujo y lápices.

Tomó un camión, se bajó en la avenida Jalisco y fue a pararse discretamente en la esquina de la casa del general Obregón. Estuvo ahí cerca de un par de horas.

A la una vio salir al general Obregón, rodeado de varias personas, se subieron a unos autos negros y se dirigieron hacia el sur de la ciudad. Toral tomó un taxi y los siguió. Descendieron en el restaurante La Bombilla.

Toral fue al baño y en uno de los reservados sacó la pistola de la funda, la colocó bajo el chaleco desabrochándose un par de botones y apretó lo más posible el cinturón. Cerró el saco para que no se viera la cacha y frente al espejo del lavabo estuvo un momento arreglándose el pelo, notoriamente nervioso. Le preocupaba que, por momentos, su corazón fuera un tambor desbocado, un golpe ciego contra el pecho.

En el bar bebió una cerveza. Le gustaba la cerveza y estuvo paladeándola y contemplando la espuma blanca que burbujeaba, se inflaba y rompía en pequeños cráteres, consciente de que sería la última que bebería en su vida.

Salió al patio, vio la mesa en forma de escuadra, con manteles blancos, jarras con aguas de colores y adornos de flores.

Distinguió al general Obregón, quien en ese momento pronunciaba un discurso, con voz firme y de lo más emotiva:

—Gozaba yo del cultivo de la tierra que tanto amo, pues soy un agricultor nato, cuando llegó hasta mí una comisión de legisladores para invitarme a regresar a la palestra política. Primero me negué. Pensé que nuestra Revolución ya había triunfado y que yo bien merecido tenía mi retiro, después de las fatigas y los peligros que había vivido. Pero los legisladores insistieron, y hablaron de los escollos y los enemigos que aún había por vencer y entonces se me esfumaron las dudas y acepté. Comprendí que mi lugar sigue estando en la línea de fuego y que no tengo derecho a negarle a la patria mi cooperación, y mi vida entera, cuando la necesite. Es mi obligación. La Revolución y el pueblo así me lo reclaman hoy. México requiere una mano firme —y levantó su único puño, todavía con una venda en uno de los dedos por el atentado que había sufrido quince días antes—. En efecto, no son tiempos de andarse con dudas y cobardías —hizo una pausa con un pecho agitado que le subía y le bajaba—. Luego vino la lucha electoral, para que todo se hiciera en forma transparente. Concluyó en tal forma que no dejó lugar a especulaciones. El pueblo soberano expresó su voluntad en las urnas y yo no tengo más remedio que someterme, humildemente, ante ella. Soy un esclavo del deber.

Toral fue hacia uno de los extremos de la mesa. Una aguja hincaba su cerebro, un martillo golpeaba sus sienes.

Uno de los guardias personales del general Obregón lo detuvo. Toral mostró el bloc y los lápices y explicó que le habían pedido que realizara algunas caricaturas de los comensales. Así lo hizo. Dibujó a Ricardo Topete, a Enrique Romero, a Arturo Orci y a Jesús Guzmán Baca.

Había un ambiente festivo y la orquesta típica de Lerdo de Tejada tocaba *El Limoncito*, una pieza de lo más dulce.

Hizo un dibujo de Aarón Sáenz y se lo entregó. Éste respondió con una sonrisa de satisfacción. Luego hizo el del general Obregón. Al acercárselo, Obregón dijo:

—A ver qué tal, joven.

Obregón lo tomó y lo puso en alto para verlo bien. En ese momento, Toral sacó la pistola del chaleco y, a bocajarro, le disparó cinco tiros. La explosión de cada proyectil levantaba pequeñas columnas de humo en la cara y en el cuerpo de Obregón.

Pronto se vio Toral desarmado y tirado en el suelo, donde lo golpeaban brutalmente. Alcanzó a escuchar otros disparos a su lado, pero no contra él.

—¡No lo maten! —gritó el teniente coronel Ricardo Topete—. ¡Esto tiene que aclararse!

—sus manos eran dos aspas y su voz ascendía y tronaba como una gran ola que de pronto rompió.

VIII. "Les dije que lo remataran, no que lo acribillaran"

—El problema, lo reconozco, fue el informe del forense —dijo Luis N. Morones, jerarca de la CROM, secretario del Trabajo y espía de Calles en la Liga Religiosa, sentado frente a él en uno de los sillones de cuero del despacho presidencial.

Morones era un hombre gordo, los labios carnosos y una ancha nariz, triunfante de la decrepitud y la grasa de la cara. Hablaba con una voz chillona, una octava más alta de lo normal.

Un chorro de luz amarilla entraba por un balcón entreabierto y caía como una materia sólida sobre la gruesa alfombra color vino.

—A ver el informe del forense, necesito volver a verlo.

Morones se lo extendió con una mano que pareció agarrotarse antes de entregarlo.

"El Mayor Médico Cirujano Héctor Osornio, que suscribe, adscrito al anfiteatro del Hospital Militar de Instrucción, certifica que hoy practicó el reconocimiento y embalsamado del señor Álvaro Obregón, general de División y Candidato Electo a la Presidencia de la República Mexicana.

El cadáver perteneció a un individuo robusto, de 1.70 metros de estatura y 1.06 de circunferencia torácica y 1.08 de abdominal.

Presenta una amputación antigua del brazo derecho al nivel del tercio inferior. Además, trece heridas por proyectiles de armas de fuego, situadas en la siguiente forma:

—La primera, en el carrillo derecho en la región maseterina.

—La segunda, con orificio de salida cara lateral izquierda del cuello a la altura de la primera vértebra cervical.

—La tercera, en la región costal izquierda.

—La cuarta, en la mejilla derecha.

—La quinta, en la cara interna del muñón del brazo derecho.

—La sexta, en la cara posterior del mencionado muñón.

—La séptima, en la región derecha dorsal.

—La octava, penetrante de vientre.

—La novena, en el muslo izquierdo.

—La décima, a la altura de la tercera vértebra dorsal.

—La undécima, en el glúteo izquierdo.

—La duodécima, en el omóplato derecho.

—La treceava, en el empeine del pie izquierdo".

—No podíamos confiarnos en que los tiros del tal Toral fueran suficientes, señor presidente —explicó Morones con su voz más aguda y la papada de pelícano temblándole nerviosamente.

—Carajo, pero tampoco tenían para qué dispararle así.

—Se hizo con la mayor discreción posible, y con gente de lo más profesional que iban disfrazados de meseros, se lo aseguro, señor presidente. En la confusión que se armó, algunos de los comensales hasta se metieron debajo de la mesa, y nadie notó nada.

—Pues sí, pero debieron calcular el informe del forense. ¿Ya vio usted los problemas que nos causaron hasta con la embajada norteamericana? Entérese.

Y Calles lanzó la hoja con un gesto abiertamente despectivo a la mesa de centro que estaba entre los dos.

Morones la leyó con los ojos perplejos del entomólogo que descubre un insecto difícil de filiar.

"Dwight O. Morrow, embajador de Estados Unidos, envió al Departamento de Estado de su país un memorándum emitido por el vicecónsul Laurence Higgins, que contenía la declaración rendida por el doctor Héctor Osornio, en relación a la muerte del Presidente Electo, Álvaro Obregón, en la forma de Certificado de Defunción.

Esta declaración, subrayada con lápiz azul en el anexo, puede ser de capital importancia en relación con la muerte del general Álvaro Obregón, ya que en el cadáver se encontraron trece heridas por arma de fuego. Se concluye que José de León Toral disparó solamente cinco balazos y dejó uno más en la pistola, con capacidad sólo para seis cartuchos. Sin embargo, algunas de esas heridas, como la del glúteo y el empeine del pie izquierdo, no se explican dada la posición en que se encontraba José de León Toral al disparar".

—¿Lo ve? Son ustedes unos pendejos. Más que rematarlo, lo acribillaron —dijo Calles dando unos pasos por el despacho, con su gran quijada desencajada—. ¿Ya oyó la broma que anda de boca en boca en la ciudad? "¿Quién mató a Obregón?" "Calles... se usted"... Había que asegurarse, es cierto, yo mismo se los pedí..., pero no en forma tan torpe.

—Señor, no podíamos confiar en el nervioso ése de Toral, a quien le temblaba la mano hasta para dibujar. Ya ve usted, nos había sucedido hace un par de semanas con el tal ingeniero Vilchis, que ni siquiera supo lanzar bien la bomba al auto del general Obregón —agregó Morones con su voz chillona, que conforme se emocionaba seguía subiendo en la escala hasta hacerse ríspida.

—Por supuesto, y yo soy quien paga los errores de cálculo de ustedes y de ellos con un alto costo político, como tener que mandar fusilar en pleno centro de la ciudad al tal Vilchis y al santón ése del padre Pro. Ayúdenme, ¿no se dan cuenta de que está en juego el futuro del país?

Y entonces Calles le reiteró a Morones por qué el general Obregón no podía llegar a la Presidencia de la República. Simple y sencillamente era del todo imposible.

—Lo sé, señor, lo sé —decía Morones, haciendo temblar su papada.

Ni él ni ningún otro caudillo. Se acabaron los caudillos. Aunque nadie se lo reconociera, él, Plutarco Elías Calles, cambiaría el rumbo del país y crearía un México nuevo. No se trataba de permanecer en la silla presidencial, sino de estar detrás de ella. ¿Lo entendía, Morones? Sólo detrás de ella. Limitarse a cuidar a quien hacía de administrador del país, por decirlo así. Acabar con el estigma de que en México los presidentes se hacen a balazos. La paz, la pantalla de la democracia, eran vitales para el progreso, para lo cual había que crear un nuevo partido político, y él lo crearía.

—Pero con usted detrás de la silla presidencial, señor, siempre con usted detrás. Tendrá que tener sumo cuidado de a quién elige para ocuparla. Está en juego el futuro del país, como bien dice.

En uno de sus acostumbrados cambios súbitos de humor, Calles esbozó una sonrisa.

—Todas las precauciones serán pocas, se lo aseguro, Morones.

Morones también se relajó un poco, aunque su sonrisa más bien pareció una mueca de dolor.

—No vaya a ser... en fin, que por una elección equivocada llegue a la silla alguien que lo mande a usted al exilio, no quiero ni pensarlo, señor.

Calles acentuó la sonrisa y su quijada se hizo aún más cuadrada.

—Bueno, pero por lo pronto hay que resolver todo este lío que han armado los obregonistas con el asesinato del general, involucrándonos en él. Cualquier cosa puede ocurrir en estos momentos, hasta que intenten darnos un golpe de Estado. Hay que actuar con la mayor rapidez posible. Que toda la investigación del crimen, incluso los interrogatorios al propio Toral queden en manos de los obregonistas. Hay que dejar que lo torturen cuanto quieran y ellos mismos lo manden fusilar. ¿Qué puede decir si nunca nos ubicó? ¿Qué le encontraron encima al detenerlo?

—Tengo entendido que un escapulario de la Virgen del Carmen, un rosario de cuentas negras, un distintivo de metal del Apóstol del Espíritu Santo, un retrato del padre Pro, un cuadernito con oraciones. En fin, nada.

—¿Lo ve? Ya di las órdenes al respecto al general Roberto Cruz para que él no intervenga en la investigación y se la deje a Ríos Zertuche. Primera medida que ayudará a destensar el ambiente. Segunda medida: ya hablé con los generales más fieles a nosotros, son como unos treinta, para solicitarles su unidad y proponer que el presidente interino sea un civil.

—Me parece una propuesta de lo más acertada, señor presidente. Muy congruente con lo que usted llamó "el fin de los caudillos en México". Y cuál es la tercera medida, si es que la hay y la puedo conocer, señor.

—Claro que la puede conocer. La tiene que conocer. Que usted renuncie a su puesto de secretario del Trabajo y se aleje del todo de mi gabinete. Y que dé como razón principal, precisamente, que lo hace para evitar especulaciones sobre su posible injerencia en el asesinato y así dejar totalmente libre el campo de la investigación a los obregonistas. ¿Qué le parece?

Morones echó tanto la cabeza hacia atrás en el sillón que pareció rebotarle en el respaldo. Le temblaban la voz y las manos y su grueso pecho se inflamó.

—Señor, en esta instrucción tan difícil para mí de acatar, como en todas las anteriores, cuenta usted y ha contado con mi disciplina incondicional. Se hará lo que usted ordene.

IX. "¿O fuiste tú el que me mandó matar, Plutarco?"

—Vaya, ésta sí es una grata sorpresa, padre Pro: disfrazarse del general Obregón. Como le decía, no tuve por él sino agradecimiento. ¡Álvaro, qué gusto volver a verte!

Calles quería parecer de veras emocionado, con las aletas de la nariz vibrándole. Su supuesto optimismo se dibujó como un halo en torno a una sonrisa un tanto forzada. Se acercó para abrazar a Obregón, pero éste se limitó a extenderle su mano, haciéndole una sorda ficción de saludo. Iba vestido como acostumbraba en los últimos tiempos, con un traje gris Oxford y corbata de moño. Su estómago le avanzaba redondo, como independiente del resto del cuerpo.

—¿Qué es de tu vida, Plutarco?

—¿Cómo? ¿No sabes todo lo que realicé a partir de tu muerte? Ven, siéntate aquí frente a mí para que te cuente.

Obregón se sentó en el sillón y sacó un cigarrillo de una pitillera de oro. Le ofreció uno a Calles.

—Lo siento, ya no fumo. Mi salud me lo impide.

—Qué pena. Por suerte allá —y con el índice señaló hacia lo alto— podemos fumar y beber cuanto queramos. A cambio de muchas otras cosas que no podemos hacer, o que debemos hacer.

—¿Qué deben hacer?

Obregón encendió su cigarrillo y empezó a fumar muy despacio, viendo cómo el humo formaba volutas y se distendía en lo alto. Se quitó el saco (con lo que su estómago se vio aún más voluminoso) y lo colocó en el respaldo del sillón. Hubo un silencio, siempre tenso. Calles se preguntó de qué amargo tejido estaba hecha esa relación, tan ambivalente de las dos partes, como siempre expuesta a un doble viento, a una alternada fuga y encuentro.

—Como enfrentarnos a una especie de espejo en donde ves reflejadas todas tus acciones, las buenas y las malas. La suma de tus actos. Pero el reflejo no corresponde a ninguna realidad, por decirlo así, sino que es más bien la pura proyección de imágenes mentales.

—Qué horror.

—Te acostumbras. Vuelves a verlo todo de nuevo, una y otra vez, una y otra vez —repitió las palabras dibujándolas con los labios más que con la voz—, hasta que te haces a la idea y gracias al arrepentimiento algunas imágenes se empiezan a borrar. No te imaginas la cantidad de cosas de las que me he arrepentido. Otras son más difíciles de borrar y duelen más.

—Pero entonces... ¿a partir de que moriste no habías vuelto a saber de mí? —preguntó Calles.

—Para nada. Por desgracia los muertos sólo sabemos lo que sabíamos al momento de morir. Por eso es tan importante regresar de vez en cuando, para ver cómo van las cosas y seguir aprendiendo, y arrepintiéndote.

—O reencarnar...

—Sí, o reencarnar, pero ése es un paso muy serio para el que lleva tiempo decidirse, aunque eso del tiempo allá es relativo. Los muertos no tenemos prisa de nada, ya lo verás. Aquí, es decir allá, todo transcurre muy lentamente. En ocasiones demasiado lentamente. La verdad es que a veces extrañamos el ritmo frenético con que vivíamos aquí en la Tierra —lo señaló con la punta del cigarrillo—. Pero cuéntame de ti, Plutarco.

Bajo los rasgos de siempre, a Calles le pareció que en Obregón se traslucía otra cara, como un oleaje submarino, quizá más amarga que de costumbre.

Calles tragó gordo.

—Bueno, con decirte que fundé un nuevo partido político.

—¿Tú fundaste un nuevo partido político? Nunca te vi tamaños como para hacerlo.

—El Partido Nacional Revolucionario, para encauzar nuestra lucha y acabar con aquello de que en México los presidentes se hacen a balazos. La paz era vital para el progreso.

—¿Y no te reelegiste? Tenías la presidencia a la mano después de mi muerte.

—No lo creas, Álvaro. Le hubiera hecho mucho daño al país y me hubiera hecho un gran daño a mí mismo. Puse la investigación de tu muerte en manos de tus aliados y saqué de mi gabinete a Morones y al general Cruz. Que se viera a todas luces que yo nada tuve que ver en tu muerte.

—Me parece muy bien, Plutarco. Siempre fuiste muy hábil para proteger tu imagen y echarles la culpa a los demás. Pero cuéntame cómo estuvo eso de que fundaste un nuevo partido político.

En Calles empezó a manifestarse el amansado rencor que llevaba en los ojos.

—Después de tu muerte y las circunstancias que la rodearon, cualquier cosa podría suceder en el país, y la más viable era un golpe de Estado. Por eso el golpe lo di yo, pero político. Como te decía, dejé la investigación y el juicio de tu asesino a los obregonistas, busqué un presidente interino que fuera civil y declaré que, en efecto, contigo se había ido el último caudillo.

—Así que el último caudillo. Como quien dice, me diste el tiro de gracia. Cuéntame cómo lo dijiste, Plutarco.

Calles hablaba lentamente, eligiendo las palabras.

—Más o menos así —y subió el tono de voz, como si dijera un discurso—. No hay personalidad de relieve, con el suficiente arraigo en la opinión pública y la fuerza personal y política para merecer, por su solo nombre y su prestigio, la confianza general.

—Estupendo. ¿Y luego?

—¿Sigo?

—¡Claro! No sabes qué curiosidad tengo por oír ese discurso.

Calles hablaba, enfática y lentamente, muy engolado.

—No necesito recordarles cómo han estorbado los caudillos al desarrollo de otras fuerzas nacionales a las que pudiera recurrir el país en sus crisis externas o internas. Y tampoco necesito recordarles cómo imposibilitaron o retardaron esos caudillos el desarrollo pacífico de México; evolución en que los hombres y los gobernantes no fueran sino meros accidentes sin importancia real al lado de la serenidad perpetua y augusta de las instituciones y de las leyes.

—Sopas. Así que estorbé el desarrollo de México. ¿Qué más?

En los ojos de Obregón había un brillo inquietante. Calles continuó como si no lo hubiera escuchado, aún más enfático.

—Bien hubiera podido, de no prohibírmelo mi conciencia y mi razón, envolver en supuesta utilidad pública una decisión de continuismo. No lo he hecho y hoy aseguro que nunca, por ningún motivo y en ninguna circunstancia, volveré a ocupar la silla presidencial... ¿Te das cuenta, Álvaro? En esa condena al reeleccionismo sellé de una vez por todas el ideal democrático maderista —crecientemente entusiasmado—. Te aseguro que de ese discurso y de la creación de ese nuevo partido se desprende todo el México moderno.

—Sí, a mi costa y para tu gloria, claro. Qué poca madre.

El entusiasmo de Calles parecía impedirle oír a Obregón.

—Espérate. Déjame decirte cómo lo terminé: Vivimos una oportunidad quizás única en la historia de México. Esa oportunidad debe permitirnos, va a permitirnos... —sonríe—. ¿Te das cuenta del matiz, Álvaro? Sigo: ...va a permitirnos orientar definitivamente la vida política del país por rumbos de una verdadera vida institucional, procurando pasar, de una vez por todas, de la condición histórica del México de un solo hombre a la de una nación de instituciones y leyes...

—Con eso del México de "un solo hombre", ¿te referías a mí, supongo?

—Pues sí, la verdad, un poco.

—Qué bien. Plutarco Elías Calles cambió el rumbo de la historia, porque Obregón, de no haber muerto, se hubiera convertido en otro Porfirio Díaz —suspira profundamente—. Mi admirado Porfirio Díaz, que no tuvo otro defecto que envejecer. ¿Qué hubiera sucedido si mi asesino falla los tiros que disparó y su atentado es uno más entre tantos otros que sufrí?

—Gobernarías aún, supongo.

—¿En qué año estamos?

—Mil novecientos cuarenta y cuatro.

—Fíjate, tendría yo tan sólo sesenta y cuatro años. ¡De lo que privó al país mi asesino!... Del que por cierto no me has contado nada. Sería otro fanático religioso, supongo.

—Por supuesto. Un tal León Toral, a quien entre sus pertenencias personales le encontraron un escapulario, un rosario y una foto del padre Pro, que había atentado contra ti quince días antes, y que como recordarás, mandamos fusilar en pleno centro de la ciudad, en la delegación de Policía.

—Qué pendejos, cuando lo primero que iba a hacer apenas tomara posesión de la presidencia era acabar con el conflicto religioso —Obregón se pone de pie, camina por la pieza, enciende otro cigarrillo y echa el humo hacia arriba. De pronto se vuelve y clava unos ojos encendidos en Calles—. ¿O fuiste tú, Plutarco?

—¿Yo?

—No puedes negar que Morones se involucró con los de la Liga Religiosa por órdenes tuyas.

—Es cierto. Pero sólo para investigar sus movimientos y tenernos informados.

—Había que encontrar al fanático religioso que apretara el gatillo.

—Álvaro, cómo puedes suponer...

—Tú y yo conocíamos muy bien los procedimientos. Hay tantas formas de mandar matar a alguien...

—Lo curioso, Álvaro, es que, de veras, en lo de tu muerte nada tuve que ver —la voz le temblaba—. Sí, en efecto, Morones había andado por ahí, con los de la Liga, pero no concretó nada y apenas si sacó información. A veces era tan torpe. Fui el primer sorprendido con lo sucedido en La Bombilla.

—Pero deseabas que me mataran...

—Digamos que lo deseaba... y a la vez temía a mi deseo —pasándose la lengua por los labios, luego por los dientes—. Siempre fue tan ambivalente la relación contigo. Casi como con mi padre.

—Cuando disparó ese tal Toral sobre mí y me di cuenta de lo que estaba sucediendo, me dije: ya lo logró ese canalla de Plutarco. Ahora se va a quedar en mi lugar.

—Pues ya ves, te falló.

—Es cierto, qué lección de humildad me has dado. No resultaste tan limitado como supuse que eras cuando te elegí para quedarte al frente del país.

Calles también se puso de pie y fue a buscar directamente los ojos de Obregón.

—¿Es cierto que en una ocasión le dijiste a Vasconcelos que en aquellos momentos México necesitaba a un fantoche como yo en la Presidencia? —preguntó, seco.

—La verdad es que no me acuerdo, Plutarco. Dije tantas cosas. Una de las ventajas del otro mundo es que uno va olvidando, poco a poco, lo que le da la gana. Allá todo funciona a través del deseo, ya lo conocerás.

—Luego lo escribió Vasconcelos: la ceguera del inculto de Obregón, su ambición de dominio indirecto, lo llevaron al fracaso que le preparó su protegido y a la vez odiado Plutarco Elías Calles. A mí me quería y a Calles lo odiaba. Fíjate: a él lo querías y a mí me odiabas. Pero por no seguir su corazón, dice Vasconcelos, a Obregón lo engañó su cabeza; se perdió a sí mismo y al país lo echó al abismo.

—¿Al abismo? ¿Te imaginas a dónde hubiera ido el país con Vasconcelos como presidente? Tú por lo menos... sabías tomar ciertas decisiones.

—Mandar matar a los amigos, por ejemplo —Calles regresó a su sillón y se sentó con indolencia.

—Por ejemplo. ¿Te imaginas a Vasconcelos a mi lado en el Castillo de Chapultepec cuando decidimos la muerte de Pancho Serrano? O la de Arnulfo Gómez. O la de Lucio Blanco. O la de Pancho Villa. O la de tantos otros... Te necesitaba a ti, Plutarco.

—Y también me necesitabas para regresar a la Presidencia después de mi mandato. Y, claro, para tapar los préstamos que por más de quince millones de pesos hiciste al Banco de Gobierno. No podías arriesgarte a que un enemigo, o ni siquiera un enemigo: un hombre más íntegro y de más carácter que los que suponías en mí, tomara el mando porque te exhibiría, te reclamaría esos dineros.

—Y, bueno, me equivoqué —encogiéndose de hombros y chasqueando la lengua—. No resultaste lo fantoche que le dije a Vasconcelos que eras. Mi reconocimiento, Plutarco. Hasta, supongo, llevaste a la perfección ese deseo mío de continuar al frente del país sin necesidad de estar sentado en la silla presidencial.

—Lo llamaron maximato. Hasta que me equivoqué, elegí a quien no debía y me exilió a los Estados Unidos.

—Por lo menos no te mandó matar —y le retornaron unos ojos muy agudos.

—Eso es cierto. Aunque creo que ganas no le faltaron, pero como yo había vuelto al país más democrático, lo dudó.

—Y ahora, me marcho. Tengo que regresar a mi, ¿cómo llamarlo? ¿Purgatorio? Que por cierto comparto con algunos viejos camaradas como Venustiano Carranza.

—Al que tú mandaste matar.

—Mandar matar… ¿Quién puede de veras mandar matar a alguien? No tienes idea cuán unidos podemos estar allá con los que victimamos aquí. Al principio cuesta trabajo verlos y hasta duele, duele mucho que se te aparezcan, pero luego hay que reconciliarse con ellos y hacerte a la idea de su compañía.

—Yo me he arrepentido tanto de la muerte de tantos...

—Eso está bien. Arrepiéntete lo más que puedas. Se lo restas a lo que viene —y tomó su saco, con movimientos muy pausados—. Cuídate. Te veo desmejorado. No hay nada como llegar al otro mundo en plenitud de facultades físicas y mentales. Se soporta más todo.

Y de pronto desapareció. Y también desapareció el padre Pro. A su lado no había nada ni nadie. Sólo lo acompañaba el rumor ocasional del viento en el jardín. Permaneció despatarrado en el sillón, con la quijada apretada. El sueño empezaba a devorarlo por debajo de los párpados (había dormido tan mal la noche anterior), con sus suaves hormigas, y sabía que ese sueño sería parte de la aparición que acababa de tener.

X. "Estoy borrachísimo. Fue el vicio de mi padre y por lo visto lo heredé"

El 4 de agosto de 1915, Venustiano Carranza, primer jefe del constitucionalismo, designó al general Plutarco Elías Calles gobernador de Sonora. Desde su discurso de toma de posesión, advirtió del camino por el que iría: "El gobierno, ayuntamientos y demás autoridades del orden administrativo, cuidarán el exacto cumplimiento de las leyes que se refieran a la moral de sus ciudadanos y a la higiene pública". Así, apenas un mes y días después, el 13 de septiembre de ese mismo 1915, Calles publica su primer decreto:

Considerando:
Que una de las causas de la decadencia de los pueblos ha sido el uso y abuso de las bebidas embriagantes, que además de producir el aniquilamiento físico y la perversión moral de los individuos, es también uno de los principales factores del deterioro económico;
Que es bien sabido que la criminalidad está en relación directa con el empleo de las bebidas alcohólicas y teniendo el gobierno constitucionalista la obligación de moralizar a los ciudadanos que están bajo su amparo y procurar su

mejoramiento, no podría dejar de ocuparse de legislar inmediatamente sobre tan importante materia.

Por lo tanto, he tenido a bien expedir el siguiente DECRETO:

1) Queda absolutamente prohibido en el estado de Sonora la importación, venta y fabricación de bebidas embriagantes.

2) Se considera como bebidas embriagantes aquellas que contengan alcohol en cualquier cantidad.

3) Las personas que infrinjan el artículo primero serán castigadas hasta con cinco años de prisión que impondrá el Ejecutivo, mientras se restablece el Poder Judicial, haciendo constar el procedimiento en un acta donde se recibirá la declaración de los responsables y las pruebas que hubieran en pro y en contra. A los cómplices y encubridores se les impondrá prisión de dos y tres años, según sea su culpa.

4) Los delitos de embriaguez se castigarán con las penas que ya tiene señaladas el Código Penal, llevándose a cabo el mismo procedimiento sumario que se expresa en la primera parte del artículo tercero, entre tanto se restablecen los tribunales.

Transitorio. Esta ley comenzará a regir desde su publicación, que efectuarán los jefes militares a cada plaza.

El gobernador y comandante militar del Estado

Plutarco Elías Calles

Pero no fue tan sencillo llevar a cabo la medida y en pocos meses las cárceles estaban llenas y los tribunales no se daban abasto para resolver la cantidad de juicios que les llegaban.

Un mediodía, Calles se hartó y mandó llamar a su despacho, que daba a la plaza central, a su secretario de gobierno, el teniente Guadalupe López, para darle nuevas instrucciones. El teniente López era un hombre flaco y huesudo, con unos ojos hondos y vivos. Vestía, al igual que el gobernador, un traje oscuro (lo que con aquel calor era una verdadera tortura) y sobre su camisa blanca bailoteaba una corbata azulina. Un sol voraz entraba por los balcones y encendía la galería de pinturas, con los rostros de antiguos gobernadores. En un lugar de honor estaba la fotografía de Venustiano Carranza, al lado de una bandera.

En los ojos de Calles se adivinaba una resolución indómita.

—Esto no se puede salir de control. Está de por medio la credibilidad del gobierno. La policía está rebasada. Hay que pedir el apoyo del ejército.

El teniente López se miró las manos y sopesó sus palabras antes de hablar.

—Señor, recurrir al ejército es ponernos en sus manos. Usted sabe cuáles son sus métodos, yo lo sé por experiencia propia.

—Por eso quiero recurrir a él, porque sé cuáles son sus métodos.

El teniente López miró hacia el exterior por uno de los balcones, del que estaba muy cerca: el quiosco en el centro de la plaza, los viejos sentados al amparo de los árboles en las bancas de madera pulida, la arquería y la portería tapiadas de la iglesia, con almenas en el remate, los hombres que paseaban en bicicleta o a pie, de rostros oscuros, con camisas blancas y sombreros de paja, zapatos polvosos o huaraches, mujeres con vestidos ampones o enrebozadas y descalzas, perros famélicos, todo como estirándose dentro del calor.

—Señor, conociéndolos como los conocemos, ¿y si los soldados deciden fusilar a alguien que está bebiendo? Porque no hay duda de que puede suceder... —comentó el teniente, con unas manos que no podía dejar quietas.

—Que lo fusilen entonces. Será una buena advertencia —la voz se le endurecía hasta casi la ronquera—. Lo que no podemos es continuar con este desorden que la pura policía no nos va a resolver.

Las cejas del teniente seguían en alto.

Y fueron varios transeúntes los que presenciaron los primeros fusilamientos, en la pared de un parque. Como las cantinas estaban cerradas, no faltó el par de amigos que consiguió una botella de licor y se fue por la noche a un parque a beberla. Estaban sentados al pie de un árbol, riendo y conversando. La luz rojiza de un farol cercano delineaba sus siluetas. La punta de un pino parecía horadar unas nubes muy bajas. De pronto se vieron rodeados por un piquete de soldados, quienes los obligaron a ponerse de pie y dirigirse hacia la pared más cercana.

—¿Dónde nos van a llevar? —preguntó uno de los hombres, con una voz carrasposa.

—No los vamos a llevar a ningún lado. Los vamos a fusilar aquí mismo.

—Ah jijo, ¿de plano a fusilar? —preguntó el otro hombre, apretando la botella contra su pecho. Sentía el corazón descontrolado, como si se le subiera a la garganta.

—El señor gobernador no quiere más borrachos ni desórdenes en su estado. Párense aquí.

—Yo no me quiero morir —dijo el que parecía más asustado. Su garganta emitió un quejido áspero, largo, entrecortado, como un canto lúgubre.

Los obligaron a ponerse de espaldas contra la pared. Ellos estaban muy borrachos y trastabillaban.

—¡Tenemos derecho a una última vo-voluntad! —gritó el que llevaba la botella. Habría que reconocer que su timbre de voz, chillona y tartamudeante, no le favorecía.

—¿Cuál es? —preguntó un soldado, ya con la espada desenvainada.

—Que nos dejen acabarnos la botella —dijo levantándola en alto como un trofeo.

Los soldados se miraron entre sí. El que llevaba la espada desenvainada, contestó.

—No puedo permitirlo porque el alcohol ya está prohibido en este estado. Quítenle la botella —ordenó.

Antes de que un soldado se la quitara, el hombre alcanzó a darle un largo trago. En sus labios nació una mueca que intentaba disfrazarse de ironía.

En su biografía de Calles, *Vida y temperamento*, Carlos Macías Richard cuenta: "No está por demás apuntar que, algunos años después, el diputado federal Zubarán Campany aseguró que durante esa campaña antialcohólica, Calles llegó al extremo de ordenar 'fusilar a algunos infelices que bebían alcohol'. Otro cronista aseguró haber sido testigo de cómo un individuo alcoholizado fue fusilado en Guaymas".

Pero la relación de Calles con el alcohol era ambivalente. En sus *Memorias*, dictadas a Roberto Guzmán Esparza, Adolfo de la Huerta —quien llegó a ser presidente provisional de la República, y que en 1923 se levantó en armas contra el gobierno de Álvaro Obregón— cuenta que fue nombrado por Carranza para reemplazar a Calles, en Sonora en mayo de 1916, ante la preocupación del jefe constitucionalista por las medidas tan radicales del gobernador con la prohibición del alcohol. "Es un fanático y puede hacernos perder el control del estado", dijo Carranza.

De la Huerta comenta que le preocupaba su amistad, desde años atrás, con Calles. No sabía cómo darle la noticia sin lastimarlo.

Por eso fue, unos días antes de su toma de posesión, a buscarlo a Hermosillo, al Palacio de Gobierno, pero ahí le informaron que estaba en Agua Prieta. Hacia allá fue, pero en una escala que hizo en Nogales, el administrador de la aduana, Gabriel Corella, le advirtió de la inutilidad de su viaje:

—No tiene caso. El gobernador lleva tres días encerrado en un hotelito de la señora Gratilff, en Agua Prieta, a donde va a esconderse cuando le da por beber, lo que hace cada cierto tiempo. Quizás en este momento está especialmente afectado, porque sabe que cayó de la gracia del jefe constitucionalista y lo van a relevar de su cargo, aunque no sabe por quién.

De la Huerta fue a buscarlo hasta Agua Prieta. Enseguida encontró el hotelito de la señora Gratilff, y una vez que explicó quién era y su misión, le permitieron subir al cuarto donde se encontraba Calles. A duras penas le abrió la puerta, trastabillante, y con una sonrisa forzada lo invitó a pasar.

—Fito, querido, qué te trae por aquí —dijo Calles, sosteniéndose con dificultad de la jamba de la puerta.

—Plutarco, ¿cómo estás tú? —contestó De la Huerta dando un par de pasos hacia el interior de la pieza.

—Pues, por lo pronto, estoy borrachísimo. Fue el vicio de mi padre y por lo visto lo heredé —movió la cabeza a los lados y clavó sus ojos vidriosos en el piso—. Nunca me han interesado mayor cosa las mujeres ni el dinero, carajo, pero el alcohol me derrota siempre que lo empiezo a beber. Pero, ¿a qué vienes hasta aquí, Fito?, cuéntame.

Las palabras que le dictó De la Huerta a Roberto Guzmán Esparza resultan esclarecedoras tanto respecto al estado de ánimo de Calles como al suyo propio.

—Vengo a quitarte el gobierno de Sonora —le dije, seco. Más valía no andarse con rodeos.

—Así que eras tú el elegido. ¿Pero por qué me hacen esto? —en un tono de voz como si estuviera a punto de soltarse llorando.

—Pues porque tienes alarmada a la República entera con esa resolución que has tomado con la circular ciento cincuenta y dos relativa al Decreto número uno, en que la emprendes contra los fabricantes y consumidores de aguardiente.

Fuimos a sentarnos a unas sillas mal pulidas con una mesita a un lado, en la que había una botella de licor.

—Entiendo que son cosas de ese viejo de Carranza, hijo de su chingada madre. Pero tú no tienes la culpa, Fito. Ahí está el gobierno, agárralo —y se sirvió de la botella en la copa que tenía junto.

Después de soportar los desahogos de Calles en contra del señor Carranza por sus arbitrarias decisiones respecto al estado de Sonora, continuamos conversando sobre cosas sin importancia hasta que parpadeé y le dije que iba a pedir en la administración del hotel una habitación.

—Están todos los cuartos tomados —me aclaró Calles—. Que te pongan un catre aquí mismo.

Así lo hicimos. Siguió la charla por una hora o más —él sin dejar de beber—, procurando yo hacerle lo menos amarga posible la píldora que debía tragar al quitarle el gobierno de Sonora. Por fin, cerca de la medianoche, le dije:

—Vamos a dormirnos. Estás derrumbado por tanto aguardiente como has bebido. Yo, además, vengo muy cansado.

Me lo llevé caminando en zigzag a su cama. Sacó su revólver y lo metió debajo de la almohada. Yo me acosté en mi catre y, por si las dudas, no me entregué a un sueño profundo. A eso del amanecer, advertí que se sentaba en la cama.

—¿Te sientes mal? —pregunté.

—Estoy muy crudo, pero ése no es el problema. Estaba pensando que va a ser muy ridículo el papelito que voy a hacer entregando tan tranquilo el estado después del gobernador tan duro que he sido.

—¿Por qué? Estás cumpliendo una orden superior —argumenté—. Además, te requieren en la Ciudad de México.

—Pero, de todas formas, hay que tratar de dar una imagen más digna. Se me ocurre pedirte, a ti que te oye tanto el jefe, que le pongas un telegrama diciéndole que me deje aquí un tiempo, como encargado de ciertas operaciones estratégicas, porque tengo que interiorizarte de asuntos muy delicados del estado. Algo así, para que no se vea que me voy como si me hubieran corrido. Yo, después de todo lo que he hecho aquí.

—Muy bien, con todo gusto, mañana a primera hora le pongo el telegrama, y estoy seguro de que el señor Carranza accederá. Pero ahora duérmete, por favor. Estás muy alterado por la borrachera que te pusiste.

Casi hasta el final de su vida —y a pesar de padecer de cálculos hepáticos—, ocasionalmente recaía en el alcohol. En una ocasión le confesó a Fernando Torreblanca que el recordar a su fantasmal padre, con el que casi no tuvo relación, siempre le provocaba unas ganas imperiosas de beber. Al abandono se aunó el hecho de que él siempre se sintiera hijo ilegítimo, puesto que su padre nunca se casó. Escribe Enrique Krauze: "lo era aún más ante la religión: de allí quizá que su manera de disolver la ilegitimidad fuese negar la potestad religiosa. El otro factor, el desorden paterno, se había traducido en un permanente abandono, pero de sus consecuencias profundas el joven Elías Calles apenas comenzaba a percatarse".

El Jefe Máximo, el *hombre fuerte de México*, como lo llamó el presidente de los Estados Unidos, cuando bebía era en realidad un hombre débil y desolado, como lo sería después ante los fantasmas que invocaba.

En un poema que escribió de joven, parece referirse a esa dolorosa figura paterna:

Las claridades
de mi alma y mi conciencia
en noche has convertido,
espectro aterrador.

Ese "espectro aterrador", en efecto, parece una premonición de su futura pasión por las sesiones espiritistas.

A su esposa, Natalia Chacón de Elías Calles, sintomáticamente, le confesó:

—Nada he odiado tanto en mi vida como el alcohol y la religión católica.

XI. "Vasconcelos no puede llegar a la presidencia"

La lógica elemental implicaba que desde el primer momento, el nuevo partido, el PNR, debía constituirse en instrumento político en manos de Calles. Y, en verdad, a los pocos días del informe presidencial, la prensa nacional anunciaba que habían comenzado las labores de organización del PNR y que Calles se pondría al frente del mismo, que lo reconocería como su jefe —su Jefe Máximo— a pesar de que no desempeñaría puesto público alguno.

Como escribió Tzvi Medin en *Historia política del maximato*: "Desde el momento de su gestación, implicó una imposición política, aun *sobre el presidente en turno*, para hacer posible el poder absoluto del Jefe Máximo".

Después del interinato de Portes Gil, parecía claro para todos que el más viable candidato sería Aarón Sáenz —quien había sido secretario de Relaciones Exteriores y en ese momento era gobernador de Nuevo León—, pero Calles se decidió por un hombre menos carismático, más débil y manejable, como Pascual Ortiz Rubio, embajador en Brasil, y a quien enseguida apodaron "El Nopalito" porque, se decía, era "un baboso". Por lo pronto, tan no tenía carácter que, de entrada, le pidió a Calles que, por favor, no lo nombrara presidente de la República, que apartara de él ese cáliz, según escribió su biógrafo, Francisco Díaz Babio, aduciendo su absoluta incapacidad para el puesto. Pero los deseos de Calles eran órdenes inapelables y le contestó en un tono duro que ni modo, así estaba decidido y tenía que sacrificarse por la patria, punto. Y aún agregó, con ironía:

—Ándele, no le dude, brínquele a la presidencia. Ya ahí, yo lo ayudo.

No le quedó más remedio que aceptar y, aún medio asustado, empezó su campaña. Todo parecía marchar sobre ruedas, pero surgió una gran sombra: el Partido Antirreeleccionista postuló como candidato a la Presidencia de la República al hombre de mayor prestigio intelectual y político en aquel momento: José Vasconcelos. Así, Calles tuvo que recurrir a una medida extrema: solicitar la ayuda del general Gonzalo N. Santos, a quien por su carácter y sus métodos belicosos apodaban "El Huevos de Oro".

Gonzalo era un hombre de mediana estatura, grueso, rubio aunque ya medio calvo, con unos ojos azules, muy vivos y como siempre explorando el contorno en busca de acechanzas. Calles sostuvo en su mano la de él, pequeña pero dura, observó detenidamente la blanca sonrisa redonda, la excitación que iba encendiendo las mejillas.

—General Calles, es para mí un honor que me haya mandado llamar. Cuenta usted con mi solidaridad incondicional, trátese de lo que se trate.

En Calles, el simulacro de sonrisa iluminó la voz, la volvió más persuasiva, subrayó dádivas pasadas, paciencias y secretos.

—Necesitaba hablar con usted personalmente, general Santos. Es un asunto muy delicado.

Por el balcón entreabierto entraba un rayo de sol, uno solo, delgado y duro, que bajaba tardío para iluminar una ristra de libros empastados en piel.

Calles fue a sentarse a su sillón de cuero, medio doblado y apático, puso la mandíbula en un puño y miró sin parpadear a Gonzalo. Le hizo una seña para que se sentara frente a él.

—A usted, que tanto ha ayudado al gobierno en la lucha contra los cristeros y en el levantamiento delahuertista, hoy queremos darle una nueva encomienda, quizá lo más delicado que le hayamos pedido. ¿Estaría dispuesto a ayudarnos?

—Lo que usted diga, general —Gonzalo le mostró las manos abiertas.

—Se trata de la campaña que está haciendo José Vasconcelos para llegar a la Presidencia de la República en las próximas elecciones. No podemos permitirla.

Los ojos brillantes y consagrados, plenos de una mirada alusiva a un triunfo manifiesto pero intrasmisible. Como escribió Mauricio Magdaleno sobre Calles: "Nadie en México, ni siquiera el general Díaz, concentró en el puño —y sin siquiera tener un cargo oficial— tamaña suma de poder durante el maximato".

—Tiene a su lado a prácticamente todos los estudiantes de México y, por supuesto, a los católicos. Cuenta con un orador excepcional, un estudiante muy activo, un tal Germán del Campo, que se mete a cuanta vecindad encuentra a arengar a la gente. Además escribe en los periódicos. Escuche lo que dice —Calles tomó de la mesita de centro una carpeta con recortes de periódico y leyó en voz alta—: "El tema de nuestras arengas no puede ser más indiscutible, la juventud de México interviene por primera vez en la vida pública a fin de despertar las fuerzas ciudadanas y de llevarlas al salvamento del país. Además, José Vasconcelos cuenta con un amplio prestigio internacional. Por él responden en Europa algunos de sus amigos, como Romain Rolland y en América Latina una escritora de la talla de Gabriela Mistral. Le envían adhesiones intelectuales de Estados Unidos y hasta de Asia. Nosotros, los estudiantes, lo sentimos el heredero de Tolstoi y de Madero. Por eso nos invade una ebriedad punto menos que cósmica. Si Calles, con toda su formidable maquinaria gubernamental, se nos opone, ¡barremos con Calles!".

—Sí, qué fácil —y Gonzalo detuvo una carcajada con tres dedos en la boca.

—Pero Vasconcelos está desatado. Escuche lo que acaba de escribir: "Según avanzo en mi gira democrática, me siento más dueño de mi posición, más diestro en el manejo de esa potencia hipnótica que el orador ejerce sobre su público. De mudo que antes era, me he transformado en alguien que dice lo que quiere con facilidad y decisión. Y ya sea por el mito que en torno al personaje se va formando y a uno mismo contagia, ya sea porque la grandeza del propósito nos exalta, el hecho es que he adquirido un dominio colectivo casi físico por medio de la palabra y el gesto que hacen de la multitud el eco de nuestras emociones, el empuje de nuestros ideales". Se compara con Quetzalcóatl y define su lucha contra Huichilobos, o sea yo y el partido que formé. En uno de sus discursos dice: "Yo hoy siento que la voz de Quetzalcóatl, la misma voz histórica y milenaria, busca expresión en mi garganta y le da fuerzas para que grite, yo sin ejércitos, a tantos que se respaldan con ejércitos, ahora, como hace mil años, que grite lo que exclamara Quetzalcóatl: trabajo, creación, libertad". Anda con eso de oponerse a las armas.

—Como que él no las tiene —interrumpió Gonzalo—. Perdone, general, pero es que francamente dan coraje los aires de pureza de esos intelectualuchos. Continúe usted.

—Intelectualucho, pero es cierto que es un gran escritor, la gente lo escucha, tiene facilidad de palabra y un indudable prestigio internacional. Acaba de volver a decirnos, indirectamente, que nosotros somos unos fanáticos y que nos van a derrotar con libros, no con armas.

—¿Con libros? ¿Como cuando con Obregón andaba repartiendo libros de autores clásicos en pueblos y rancherías? Es de risa, general, perdone usted.

—Escuche: "Para empezar, proclamemos la simple verdad de que el fanatismo se combate con libros, no con ametralladoras. Proclamemos también, otra verdad: de que toca al Estado mediar en los conflictos de todos los fanatismos, en vez de abrazarse a uno de ellos, el peor de todos, el autoritarismo, la hipocresía y el terror, como actualmente sucede con el partido que acaba de fundar Plutarco Elías Calles".

Tras las perentorias instrucciones de Calles, Gonzalo N. Santos puso manos a la obra enseguida. Con el descaro que era habitual en él, escribió en sus *Memorias*:

"Yo fui el primero en la República en portar personalmente una ametralladora Thompson y luego de armar con estas excelentes ametralladoras a mis muchachos, mis gargaleotes, como yo los llamaba. Estas chuladas de ametralladoras las usamos contra los delahuertistas en campaña militar, también contra los cristeros y, por supuesto, contra los vasconcelistas".

Por lo pronto, Celis, jefe del vasconcelismo en Tampico, fue asesinado a mansalva, cazado por los polizontes de Gonzalo al salir de una reunión de trabajo. Se echaron después sobre otros miembros de la directiva tampiqueña sin respetar ni a sus familiares. En Los Mochis cayó Quiñones, asesinado en forma similar. Apenas unas semanas después, en Oaxaca hubo una matanza de obreros y estudiantes vasconcelistas, y a los pocos días en Chihuahua.

Vasconcelos denunciaba: "¡Sangre de vasconcelistas por todos los rincones del país y provocada por un gobierno que se dice democrático y aparenta buscar el juego de las fuerzas políticas! ¡Hipócritas!".

Porque las autoridades gubernamentales seguían expidiendo órdenes en las que se autorizaba a los antirreeleccionistas a hablar al pueblo en uso de sus derechos cívicos, lo que no impidió que empezara la policía a aprcsar a algunos oradores que lanzaban insultos contra el partido oficial. Fue usual que los vasconcelistas pasaran la noche en alguna Comisaría o Inspección. La realidad es que desde Francisco I. Madero, la gente no se manifestaba por un candidato como por Vasconcelos.

Los mítines y las manifestaciones de apoyo se sucedían. En una ocasión, el 20 de septiembre de ese 1929, después de un mitin en la Alameda, los vasconcelistas desfilaron por la avenida Hidalgo; estaban por llegar ante el jardín de San Fernando cuando en sentido opuesto apareció un auto negro a toda velocidad. Llevaba placas oficiales. Sin dar tiempo a reaccionar, acercándose a los manifestantes, abrió fuego sobre la masa humana: hombres, mujeres y niños. Disparaban con ametralladoras. El primer impulso de la muchedumbre atacada fue correr, replegarse contra los muros, buscar refugio tras los árboles. Una chiquilla, vendedora ambulante, había soltado la bandeja de su mercancía y trataba de rescatarla cuando lanzó un gemido y cayó inerte sobre el asfalto. El fuego continuaba. Germán del Campo, que acababa de pronunciar en la Alameda uno de sus mejores discursos, gritó:

—¡Si nos han de matar que sea de frente, cobardes!

En ese momento, del auto de la muerte descendió un hombre vestido de oscuro. Sacó una pistola y, a quemarropa, le dio un tiro en la cabeza a Germán. Al hombre que le disparó varios testigos presenciales lo identificaron: era el propio "Huevos de Oro", Gonzalo N. Santos.

—Cobarde tu pinche madre, buey. Mira, te parto la madre de frente —dijo.

Mauricio Magdaleno cuenta en *Las palabras perdidas*:

"Nuestros agresores nos atacaban desde un auto negro con ametralladoras Thompson. La gente empezó a separarse en la confusión. Vi a mis pies, en el filo de la acera, a alguien herido o muerto. Un poco más allá, a otro. Una voz enloquecida, la de García Rodríguez, increpaba a los nuestros, tratando de contener la general dispersión. Ya no estaba a mi lado Germán del

Campo. Ni Germán ni nadie. Entre el seco y ominoso golpeteo de las Thompson otra voz, el lloro desgarrado de Bustillo Oro anunció que habían asesinado a Germán. Confieso que de momento no lo creí, pero me quedé paralizado, como si a partir de ese momento fuera el anuncio de que todos íbamos a morir. ¿Cómo pudo ser? Porque, lo juro, ninguno de nosotros llevaba la más insignificante arma".

El día de las elecciones, el ejército intervino sustituyendo a los pistoleros de Gonzalo. Sus rifles protegieron la votación oficial, el robo de las urnas, el conteo de los votos. Los dos millones que se adjudicaron a Ortiz Rubio deben de haber sido en realidad los votos de Vasconcelos. El PNR tuvo a bien hacer la concesión de reconocerle ciento diez mil y veinticinco mil a Rodríguez Triana, el candidato del Partido Comunista.

XII. "Haya o no haya alguien sentado en la silla presidencial, no puedo desatender mis responsabilidades"

Pero la elección y el nombramiento de Ortiz Rubio se le revirtieron, como era de preverse. Víctima de su propia deshonestidad, aceptó la presidencia a sabiendas de que se trataba de una imposición, conoció los incidentes y los crímenes que se perpetraron en el movimiento vasconcelista —se dice que incluso Gonzalo N. Santos le dio un informe pormenorizado de lo hecho, según cuenta éste en sus *Memorias*—, confesó siempre la absoluta autoridad de Calles sobre él, y una vez que tomó posesión consintió en que le impusiera en su gabinete a quien él quisiera: en la Secretaría de Gobernación a Portes Gil, en Agricultura y Fomento al general Pérez Treviño, en Industria y Comercio a Luis León, en Guerra al general Joaquín Amaro, en Hacienda a Luis Montes de Oca, en Comunicaciones y Obras Públicas al general Juan Andreu Almazán, en Educación al general Aarón Sáenz, en el Departamento del Distrito Federal a José Manuel Puig Casauranc, como jefe de Estadística a Juan de Dios Bojórquez. Todos adictos al Jefe Máximo e indiferentes a la pálida figura presidencial.

Sólo le dejó Salubridad, donde Ortiz Rubio puso a Rafael Silva, en Relaciones, a Genaro Estrada, y a Aguilar y Maya como procurador general de la Nación. Pero éstos en realidad carecían de poder. La verdad es que el Jefe lo nulificaba de entrada. La psicología popular es sabia y lo del "Nopalito" lo definía despiadadamente. Mauricio Magdaleno lo calificó con agudeza: "Era un pobre viejo pusilánime y cobarde".

Su biógrafo y amigo, Díaz Babio, lo vio por aquellos días y dice que su actitud y semblante delataban su lastimosa situación. Por eso escribió de él, escuetamente:

—Ya se lo fregaron.

Calles pagó el precio de su desafortunada elección. Muy en especial, porque todo el trabajo tuvo que hacerlo él. En especial, cuando Ortiz Rubio fue herido después de su toma de posesión y requirió permanecer un mes en cama.

Salía en su coche negro de un acto político en el estadio y se dirigía al tradicional besamanos en los salones de Palacio. Hundido en el asiento posterior, agobiado como siempre se le veía, Ortiz Rubio no sospechaba que a la puerta de Palacio le esperaba un joven alto y delgado con la mano derecha en el bolsillo, vecino de Charcas, en San Luis Potosí y vasconcelista de corazón.

A su paso, ululaban las sirenas de los coches oficiales que lo seguían. Grupos de niños agitaban banderitas tricolores. Al acercarse a la puerta Mariana, sonaron varios disparos. Las palomas de catedral volaron asustadas. El flamante presidente de la República se llevó la mano a la boca. Una bala le había perforado el maxilar inferior.

Daniel Flores, nombre del joven vasconcelista, no intentó escapar. Preso, lo llevaron primero a la sala de banderas y después a los separos de la jefatura militar. Declaró ser el único responsable del atentado, vengador del fraude electoral, pero la policía no le creyó y se lanzó a la calle en busca de implicados.

Fernando Torreblanca, secretario particular de Calles, ha contado que éste se instaló en su despacho de la colonia Anzures y pidió que lo tuvieran al tanto de cada paso, por mínimo que fuera, que se diera en la investigación. Temía que, como era de suponerse, se tratara apenas del inicio de un complot contra el partido recién fundado.

Pero, además, debía atender todos los asuntos que Ortiz Rubio dejaba pendientes por encontrarse en cama.

—Haya o no haya alguien sentado en la silla presidencial, no puedo desatender mis responsabilidades —le dijo a Torreblanca.

Pronto, la policía tuvo en sus manos, de todos los rincones del país, a cuanto vasconcelista pescaba en sus redes. No eran pocos. Pero no aclaraba nada: la única culpa de los detenidos había sido su militancia en las elecciones de 1929. En la capital, no cabían más supuestos conspiradores en las bartolinas de la Inspección de Policía, interrogados por el famoso "Güero" Ortiz, adiestrado desde unas semanas antes por Gonzalo N. Santos, ya para entonces miembro distinguido del PNR.

El historiador José Fuentes Mares rescató un relato confidencial de aquel momento de la Inspección de Policía capitalina, y que en algunas de sus partes cuenta:

Frente al temible "Güero", de pie, se encontraba el estudiante González Villa, sentado bajo el haz luminoso del reflector. Cuatro policías más presenciaban el interrogatorio.

—Me vas a decir todo lo que sabes —pidió, todavía medio "amistosamente", el "Güero".

—Repito lo que dije cuando me trajeron: que fui y soy vasconcelista convencido; que Ortiz Rubio, me parece, no es más que un pelele de Calles.

—Cuando hables del señor ingeniero Ortiz Rubio di "señor presidente" y cuando hables de don Plutarco Elías Calles has de decir "el señor general Calles". ¿Entiendes que no son iguales a ti, cabrón? —replicó el "Güero", ya medio molesto.

—No, claro que no son iguales a mí —todavía con una sonrisa medio cínica.

—¿Desde cuándo estás en relaciones con Daniel Flores?

—Nunca supe de Daniel Flores hasta ver su nombre y su retrato en los periódicos, ésa es la pura verdad.

—¡No mientas! Si quiero puedo hacerte hablar, pero no me gusta la violencia. No me gusta, pero tampoco me obligues... Mejor habla, muchacho, verás que entonces todo es más fácil.

—Me pregunta por algo que no sé, y si no lo sé no le puedo contestar.

—Bueno —dijo el "Güero" encogiéndose de hombros—, tendremos que hacer algo para refrescarte la memoria. A ver, muchachos, sáquenlo al patio.

Se cumplió la orden sin exceso de buenos modales, con puros empujones. En el patio, el estudiante pareció distinguir, al fondo, una pared que seguramente recordaba haber visto en fotos de la prensa, cuando el fusilamiento del padre Agustín Pro. Era la misma pared cacariza, picada de viruela. Frente a la pared estaba un pelotón del ejército. Un oficial fumaba un cigarrillo mientras los sardos descansaban en el suelo la culata de sus rifles.

—¿Vas a hablar o no? —le preguntó el "Güero" como un escupitajo a la cara, estrujándolo por el cuello de la camisa—. Porque si no hablas te vamos a fusilar.

—Qué pinche terquedad la de ustedes —contestó el estudiante con una dignidad inusual y que no dejaba de desconcertar al "Güero"—. Ya les dije que he dicho cuanto sé.

—A ver si es cierto, ¡arrejúntenlo a la pared!

—Total, si me matan, hablaré menos. Ya muerto, qué —contestó el muchacho en un tono helado, de franco descaro.

—Tienes razón —dijo el "Güero" con un gesto de desesperación y golpeando un puño contra la palma de la mano—. A este muchacho, hijo de puta, dizque muy machito, lo hago hablar o mi jefe me quita el apodo.

Lo llevaron a un cuarto sombrío, apenas iluminado por una bombilla pelona que pendía del techo, a una mesa de madera astillada. Los esbirros del "Güero" despojaron a González Villa de su ropa y lo acostaron en la mesa.

—¡Que no sé nada, les digo! Ya déjenme en paz, por Dios, o mátenme de una buena vez.

Cerró los ojos primero; trincó las mandíbulas. Al morderle los testículos con unas pinzas eléctricas, se le cubrió el cuerpo de sudor helado, soltó un estertor al respirar y quedó exánime.

—Ya se desmayó el muy cabrón —dijo uno de los operarios de la tortura.

—Pos a lo mejor de veras no sabe nada y nomás estamos perdiendo el tiempo con él —dijo otro, con voz tímida, no fuera a enojar al "Güero" con su comentario.

El "Güero" parecía de veras frustrado. Golpeó de nuevo el puño contra la palma de la mano y ordenó:

—Bueno, vámonos con otro mientras éste vuelve en sí.

Pero tampoco el siguiente conocía a Daniel Flores. Ni el siguiente, ni el siguiente. Todos sabían de él por los periódicos. A Daniel lo colgaron de los pies, de los dedos, le sumergieron la cabeza en un escusado sucio, también le dieron toques eléctricos en los testículos, pero no se los marcaron ni le golpearon la cara. Indiscretos periodistas, nacionales y extranjeros, llegaban con cierta frecuencia a entrevistarlo. No era cosa de dejar huellas visibles de los interrogatorios.

XIII. "Nunca supuse que pudiera concebirse idea más maquiavélica"

Junto con la campaña vasconcelista y sus delicadas consecuencias políticas y sociales, Calles enfrentó la última rebelión de generales, encabezada por el general Escobar en Coahuila, el general Manzo en Sonora, el general Aguirre en Veracruz, el general Urbalejo en Durango y el general Caraveo en Chihuahua. Como escribió Fernando Benítez: "Muertos los grandes señores de la guerra, quedaban estos pequeños hijos bastardos de la Revolución que no habían figurado en los tiempos heroicos, pero reclamaban su parte del botín". Calles se hizo nombrar secretario de Guerra y "durante una semana —agrega Benítez— no se separó un minuto, ni de día ni de noche, del Castillo de Chapultepec, manteniéndose junto a las mesillas de los telégrafos, hasta que salió a dirigir personalmente la campaña".

Los rebeldes dieron la impresión de haberse levantado en armas con el único fin de hacer el ridículo. No hubo ninguna batalla digna de ese nombre. Ocurrieron, sí, algunas escaramuzas a lo largo de las líneas ferroviarias. Pero finalmente, gracias a la estrategia perentoria de Calles, en muy poco tiempo los mediocres generales fueron derrotados. El hecho irrelevante, sin embargo, tuvo la ventaja de ser el último intento de los muchos cuartelazos, que tanto habían costado al país a lo largo de su historia.

También, por un breve tiempo, Calles se autonombró director del recientemente creado Banco de México, para volverlo, por primera vez, un verdadero banco central, algo que resultó trascendente para el futuro económico del país.

El Jefe Máximo lo era más que nunca, pero la compleja maquinaria que manejaba, con sus bielas bien lubricadas, en ocasiones necesitaba ajustes, como por ejemplo deshacerse de un presidente con el que, a todas luces, se equivocó al nombrarlo. Llegó el momento en que debía hacerle todo el trabajo. "Había dejado al general Calles la total responsabilidad de mis actos y yo lo facultaba abiertamente para que procediera en la forma en que él lo considerara conveniente", reconoció Ortiz Rubio en sus *Memorias*.

Calles habló con el doctor José Manuel Puig Casauranc, hombre culto, de finas maneras, vestido siempre impecablemente, con un bigotito muy recortado, y quien para entonces había pasado del Departamento del Distrito Federal a la Secretaría de Educación.

—Doctor, quiero que me ayude a resolver la delicada situación que estamos viviendo con el señor presidente. Las cosas no pueden continuar como hasta ahora. Su dependencia de nosotros es absoluta y está creando serios problemas entre sus mismos colaboradores y dentro del partido. Yo creo que ya debemos dejarlo trabajar solo.

—¿Solo? —preguntó Puig arqueando las cejas.

—Sí, solo. Que renueve su gabinete con gente suya y que yo no vuelva a intervenir en sus decisiones.

—Pero si todo lo consulta con usted —agregó Puig, removiéndose incómodo en el sillón; le parecía haber entrado al corazón de una tormenta.

Calles se miró las manos y pensó un momento antes de contestar en su tono más firme.

—Por eso precisamente. Porque todo lo consulta conmigo y espera que yo todo se lo resuelva. Yo o mis amigos que tiene en su gabinete y entre los cuales, le repito, está creando serios problemas con su actitud, usted lo sabe mejor que nadie. Así que creo que es el momento de dejarlo solo.

"Nunca supuse que se pudiera concebir idea más maquiavélica para deshacerse de alguien", escribió Puig en su espléndido libro, de curioso título: *Galatea rebelde a varios pigmaliones*.

—Usted es el mejor intermediario que tengo con el presidente y yo ya no quiero hablar más con él. Así que transmítale mi decisión a la brevedad y venga a informarme cuál fue su respuesta.

Puig solicitó enseguida una cita con Ortiz Rubio en Palacio Nacional y se la dieron al día siguiente, al mediodía.

Ortiz Rubio era un hombre flaco y alto, desgarbado, canoso del pelo y el bigote, con lentes redondos de aro de metal y un gran labio inferior que caía sobre una barbilla hundida. Del atentado que sufrió le quedó una cicatriz en la mejilla y, sobre todo, según sus propias palabras, "una constante irritabilidad". Su trauma psíquico le provocó una paranoia que transmitía a sus más cercanos colaboradores. "Veíamos conjuras y cómplices de enemigos imaginarios en los últimos rincones de la administración", dice él mismo. Utilizaba un automóvil blindado, con vidrios de una pulgada a prueba de balas. Como cualquier neurótico, en sus circunstancias, lo único que quería era que le permitieran esconderse.

Después de transmitirle Puig la decisión que había tomado el general Calles, hubo un largo silencio que pareció coagularse, caer como ceniza sobre la alfombra y los muebles.

—En esas condiciones —contestó Ortiz Rubio, con una actitud de derrumbe absoluto— no puedo ni debo gobernar. ¿Estará usted de acuerdo, doctor?

Puig se limitó a carraspear y a hacer una mueca de duda y a la vez de pena.

—¿Dónde voy a encontrar "revolucionarios" para mi gobierno si elimino a todos los hombres del general Calles? —continuó Ortiz Rubio en el mismo tono, se puso de pie y, muy nervioso, caminó por la pieza—. Yo llegué al gobierno por la voluntad del general y no por efectos de popularidad propia ni de esfuerzo personal, ni siquiera del partido. El partido me acogió porque así lo ordenó el general. Acepté un puesto que no deseaba, como es el de presidente de la República, porque el general me ofreció su ayuda permanente. Si en este momento me la retira, no tengo más remedio que... presentar mi renuncia —y la voz se le quebró.

Ahora sí, Puig se sentía en pleno corazón de la tormenta. Sabía que debía decir algo y sólo se le ocurrió una frase trivial:

—Siento mucho lo que está sucediendo, señor presidente.

Ortiz Rubio se ajustó los lentes.

—Hágame un último favor, doctor. Redacte mi renuncia al cargo de presidente de la República y llévela al general Calles, comunicándole mi resolución de dimitir y de salir inmediatamente del país, una vez que haya leído mi mensaje presidencial el dieciocho de septiembre próximo.

"Ni siquiera sabe cómo redactar su renuncia", pensó Puig, confirmando su opinión acerca del error de Calles al nombrarlo para un puesto tan delicado y de tanta responsabilidad.

—¿En qué términos? —a sabiendas de que era una pregunta inútil.

—Usted lo sabrá mejor que yo. Entiendo que su redacción es muy difícil, puesto que constitucionalmente habrá que buscar causas graves, las únicas que acepta esta Constitución para un paso semejante.

—Lo intentaré con mucho gusto, señor presidente. Me centraré en el problema de su mermada salud.

—Sólo le pido que no se toque ni siquiera indirectamente al general Calles. Que no vaya a suponerse que mi decisión se deriva de una discrepancia ideológica de orden revolucionario. O que me voy porque en algo, cualquier cosa, no estoy de acuerdo con él.

Calles recibió a Puig al día siguiente, por la mañana, en su quinta Las Palmas, en Cuernavaca. Se sentaron en unos equipales, con una mesita al centro, rodeados por el frondoso jardín encendido de buganvilias, el sol reverberaba en el agua de la alberca. Calles llevaba una camisa blanca y parecía de lo más sereno. Escuchó atentamente a Puig y contestó en tono pausado:

—Me preocupa el extremo al que se ha llegado, pero en efecto no parece haber otro camino que el de la renuncia, si el presidente no quiere, por la causa que sea, formar un gobierno sin influencias mías. Léame por favor el proyecto de renuncia que ha redactado.

—Señor general, no he querido empezar siquiera a redactar ese documento sin hablar antes con usted. No quise "cogerle la palabra" al presidente Ortiz Rubio y redactar precipitadamente su renuncia tratándose de un asunto de tan extrema gravedad para el futuro del país.

Calles blandió ligeramente una mano.

—Pues entonces redáctela cuanto antes y regrese lo más pronto posible a mostrármela.

Al día siguiente, también por la mañana, Puig le llevó el proyecto de renuncia, que Calles leyó detenidamente.

—Está muy bien. Quizás haya que subrayar todavía un poco más que es por motivos de salud, que no ha quedado bien de su boca después del atentado tan grave que sufrió y que deberá someterse a un largo tratamiento que le impediría atender debidamente sus delicadas responsabilidades. Póngalo así y llévesela al presidente para su final aprobación antes de presentarla al Congreso.

—Lo de la herida en la boca fue hace demasiado tiempo, ¿no le parece, general?

—No importa. Todo el mundo sabe que nunca se recuperó del todo y ese tipo de heridas puede dejar secuelas que se manifiesten a largo plazo. Por supuesto, no podemos ni siquiera insinuar que las secuelas han sido más de orden nervioso que físicas.

—Muy bien, general, así lo haré.

(Ortiz Rubio rindió su informe presidencial el primero de septiembre de 1932 y al otro día presentó su renuncia, "sin cambiarle una coma de como se la propuse", escribió Puig. Calles, a los dos días de la renuncia del presidente, declaraba a la prensa: "Nuestro país ha entrado de lleno en la vida institucional transparente...").

Puig supuso que su visita a Calles había terminado e iba a ponerse de pie, cuando éste lo detuvo con un movimiento de la mano.

—Aprovecho para comentarle, doctor, otro asunto que me tiene preocupado y que tendremos que resolver a la brevedad. ¿Quién va a quedarse en lugar de Ortiz Rubio en la presidencia? Le faltaban a su periodo dos años y necesitaremos un presidente interino. Habrá que ver por quién se inclina el partido, y tampoco quiero precipitarme, pero van a empezar las especulaciones y no podremos dejar pasar demasiado tiempo. Por eso quería comentarle, seguro de su absoluta discreción, doctor, que yo había pensado que, posiblemente, un buen candidato sería el general Abelardo Rodríguez, quien actualmente es secretario de Guerra y tiene una amplia hoja de servicios en apoyo a la Revolución, entre otros en el sofocamiento de la rebelión escobarista.

—Me parece, general, con todo respeto, que el general Abelardo Rodríguez es más un administrador que un político —respondió Puig, medio dubitativo.

—Ésa es una ventaja, doctor, necesitamos en ese puesto a alguien que se dedique a administrarnos el país, tan en desorden, más que a agitarnos las aguas haciendo política.

Y así fue: en su *Autobiografía*, Abelardo Rodríguez confesará:

"Insisto en que nunca fui político y en que si acepté el cargo de presidente sustituto de la República fue porque tenía la seguridad de nivelar el presupuesto y poner en orden la administración del gobierno. Para lograrlo me propuse permanecer al margen de la dirección política, dejando esa actividad en manos de políticos".

Abelardo Rodríguez había hecho una gran fortuna en su prolongada estancia como gobernador en el norte de Baja California, abriendo casas de juego, hoteles, burdeles, pero también bancos, escuelas y restaurantes. Aprovechó que del otro lado de la frontera había una sociedad dizque puritana, pero en realidad deseosa de jugarse su dinero, de beberse el licor que le negaba la ley de la prohibición, y de entregarse a los placeres de la gula y de la carne (por esos años en otra frontera, Ciudad Juárez, tenía gran éxito con los norteamericanos un burdel de enanas).

Su posterior biógrafo, Francisco Javier Gaxiola, escribió: "El general Rodríguez, quien rescató el norte de Baja California gracias a su altruista labor, ya en la Presidencia de la República se formó el firme propósito de encauzar a la nación y de administrarla lo mejor posible, dejando el estorbo político directamente en manos del general Calles, por considerar que en ese campo de acción nadie mejor que él podía ayudarlo y orientarlo, y porque siendo de corta duración su gobierno, la realización de una buena obra administrativa implicaba no distraer su atención en enredados asuntos políticos".

Así que el Jefe Máximo tenía, de nuevo, manos libres para mover las piezas de su juego preferido: el ajedrez político. "El presidente está ahí", decía la gente señalando hacia Chapultepec, "pero el que manda está allá", ahora señalando hacia la colonia Anzures.

Pero Abelardo Rodríguez, en algún momento de su administración, demostró —con un alto costo— que no quería ser un Ortiz Rubio. Calles recibió una carta del presidente Roosevelt, que dio a conocer la prensa, en que éste "felicitaba efusivamente al general Plutarco Elías Calles por el progreso económico de México y por la tranquilidad del país, debido a sus esfuerzos de *hombre fuerte*". Por supuesto, a Abelardo Rodríguez le pareció demasiado —le debe de haber lastimado, muy en especial, que lo felicitaran por eso del "progreso económico", en que él había intervenido tan directamente, ya que era el terreno de su especialidad— y le mandó una carta personal al general Calles, en la que, entre otras consideraciones, le decía "cuán perjudicial resultaba para él, como presidente de la República, la oscura labor de los callistas, incrustados en su gabinete, pretendiendo darle a usted, general, el carácter de dictador, empañando así sus prestigios revolucionarios. Callistas que, me temo, serán los primeros en desconocerlo y abandonarlo cuando las circunstancias le sean adversas".

La carta del presidente lo enojó profundamente, hizo un gesto de disgusto y hubo un comienzo de exclamación que se cortó de golpe, como una cuerda tensa. Fernando Torreblanca, que estaba sentado frente a él, revisando la correspondencia, se sorprendió al notar su enojo, ya que Calles pocas veces lo manifestaba abiertamente. Quizá, pensó Torreblanca, esa acre mirada sólo se la había visto cuando Calles bebía alcohol en exceso —lo que sucedía ocasionalmente—, en especial cuando se quedaba jugando póker con sus amigos hasta el amanecer, y alguien comentaba algo que le disgustaba. Podía no decir nada —y si lo hacía, por lo general su voz era ronca y glacial, impermeable a cualquier forma de estallido emocional—, pero todos a su alrededor sabían que el Jefe Máximo se había disgustado y tenían que cambiar de tema enseguida. Ahora, parecía que, por lo visto, algo lo había molestado seriamente.

—Avísele usted al señor presidente que, apenas pueda, me gustaría hablar con él personalmente, aquí en mi casa.

Por supuesto, no fue él quien pidió una cita con el presidente para verlo en Palacio Nacional. Parte importante de su autoridad era que la mayoría de "las orientaciones" que ofrecía y de los problemas que enfrentaba, los resolvía en sus casas de México o de Cuernavaca. En aquel momento, quizá como nunca antes, Calles era plenamente consciente de su poder, de ser el Jefe Máximo, el *hombre fuerte*, como lo llamó el presidente de los Estados Unidos, por tener al país en paz. Por supuesto que tenía al país en paz, pero demasiadas decisiones fundamentales había tenido que tomar, y demasiada sangre había permitido que se derramara para lograrlo, como para que ahora una pieza de su tablero de ajedrez —por más que fuera el mismísimo presidente de la República— lo tachara de tirano, y le advirtiera que lo iban a desconocer y abandonar sus amigos.

Abelardo Rodríguez tenía, en efecto, el aspecto de un administrador. No se le veía —ni oía— por ningún lado "lo político". De unos cuarenta y tantos años, regordete, con un blando rostro cruzado por una cicatriz, una corbata oscura de moño de seda y chaleco, saludó a Calles con una solemnidad inusual.

Calles lo recibió muy amable, comentando diferentes asuntos del gobierno, en especial la redacción de un Plan Sexenal para 1934-1940, basado en "la razón, la estadística y la experiencia", y en el que Calles venía trabajando desde hacía meses.

La autoridad se evidencia especialmente en la mirada, y en algún momento de la plática, el presidente descubrió que en los ojos muy vivos de Calles titilaba una convicción absoluta.

—Señor presidente, usted sabe que mi intención nunca ha sido interferir en la buena marcha del país y que, si acaso, mi trabajo se reduce a aportar mis conocimientos y experiencia cuando alguien de su gobierno, o usted mismo, así me lo solicita. Por eso me sorprendió, y le confieso que me molestó, que en la carta que me envió me califique usted de… dictador.

Hubo un silencio, siempre tenso. La cicatriz en el rostro del presidente pareció crisparse.

—Señor, digo que para sus colaboradores, sus incondicionales…, que para cualquier asunto vienen a molestarlo…

—Que según usted me van a abandonar apenas las circunstancias me sean adversas.

—Yo sólo quise hacerle notar lo difícil que es para mí ser el presidente de México en las condiciones en que me encuentro…, en relación con mis propios colaboradores, que en realidad son los suyos.

—¿Y por qué no los corre a todos y se busca usted gente de su confianza? —le preguntó Calles, mirándolo con unos ojos muy fijos.

La sombra de Ortiz Rubio cruzó, alta y maléfica, frente al presidente, y prefirió intentar ponerle fin al reclamo de Calles.

—Señor, le insisto en que nunca fui político, y que si acepté el cargo de presidente sustituto de la República fue porque tenía la seguridad de nivelar el presupuesto y poner orden en la administración del gobierno. Para lograrlo, me he propuesto permanecer al margen del rumbo y la orientación que usted le da al gobierno. Ahora bien, esto no evita que haya yo tenido conocimiento de que, con frecuencia, los señores secretarios de Estado y hasta los jefes de departamento someten a su consideración y consulta diversos asuntos, algunos de ellos francamente menores, relacionados con la marcha de la administración y con cuestiones que son de la competencia de las diversas dependencias del Ejecutivo.

Pero Calles necesitaba remachar su reclamo, y aún le espetó:

—¿Cree que es muy fácil para mí, y para mis amigos, como los llama, resolver los problemas, tan delicados, con todos los políticos que están en contra nuestra, y que son legión, se lo aseguro, pero también con los sindicatos, con los mineros, con los electricistas, con los ferrocarrileros, con los campesinos, con los religiosos, con los industriales, con los hacendados, con los estudiantes, con los norteamericanos, por mencionar sólo algunos, mientras usted se dedica a la planeación económica, labor de lo más encomiable, no tengo la menor duda, pero complementaria a la nuestra?

El presidente estaba pálido y no dejaba de parpadear. Hay circunstancias en las que sólo la mudez puede ser respuesta a una impresión sufrida, que rebasa el ámbito de cualquier posible respuesta verbal, sea ésta la que sea.

Pero Calles sabía que no podía llegar demasiado lejos y provocar otro cisma, como con Ortiz Rubio, a esas alturas del maximato, con las elecciones próximas encima. A Abelardo Rodríguez le faltaba poco más de un año en el gobierno, y era preferible mantenerlo ahí, tomar cierta distancia ante él —incluso planear algún viaje al extranjero para crear esa cierta distancia— y no confrontarlo en la manera en que lo estaba haciendo. Así que se arrellanó en su sillón y cambió de tema.

—Pero bueno, señor presidente, lo importante es que estemos de acuerdo en lo esencial, como lo estamos, y veamos hacia adelante por el bien del país y de nuestro partido —en sus labios se dibujó un intento, muy forzado, de sonrisa—. Démosle vuelta a la página y hábleme de su proyecto, que me comentaba la última vez que nos vimos, de abrir un gran casino en Cuernavaca que, tengo entendido, va usted a llamar Casino de la Selva.

XIV. "Que me espere el general Cárdenas a que termine esta partida de póker"

Abelardo Rodríguez lo confesó abiertamente en su *Autobiografía*: "Yo le dije al general Calles que en las próximas elecciones el partido requería, más que nunca, de su reflexión y experiencia y era él quien debía señalarnos por qué candidato se inclinaba".

No podía haber sido de otra forma. Así que a principios de 1933, por debajo de la tranquilidad reinante, se agitaba ya la inminencia de las elecciones en las que Calles debía desempeñar, de nuevo, su papel de Gran Elector, por delegación expresa del presidente Abelardo Rodríguez.

De acuerdo con las interpretaciones de los augures y de los rumores que corrían por los pasillos de las oficinas gubernamentales, el Supremo tenía un candidato: el general Manuel Pérez Treviño, presidente del PNR y callista incondicional. ¿Quién más podía ser?

El alboroto fue mayúsculo cuando el propio Pérez Treviño declaró a la prensa: "Habiendo cambiado impresiones con el general Calles, creía él que ya era tiempo de que se iniciasen trabajos presidenciales". Era como si al final de un largo corredor se abriera una puerta con un prolongado gemido.

Pérez Treviño contaría que, incluso, hubo algún compañero del gabinete que le envió un valioso regalo. O quien empezaba, ya, "a pedirle favores". Cuando hablaba del tema, la expresión de Pérez Treviño, siempre calmada, se exaltaba. Un brillo de alarma asomaba en sus ojos.

Parecía que el gran dedo, en su movimiento oscilatorio continuo, se había detenido en alguien. ¿Sería?

Sin embargo, Calles tenía sus dudas con Pérez Treviño. Quizá lo suponía débil y demasiado supeditado a él. No quería repetir el error que cometió al nombrar a Ortiz Rubio.

Rodolfo, su hijo, entonces gobernador de Sonora, fue quien le hizo ver a Calles las ventajas de que tomara en cuenta también al general Lázaro Cárdenas, secretario de Guerra, en cuanto a aptitudes políticas y carácter, lo opuesto a Pérez Treviño.

A pesar de tener sólo treinta y siete años, Cárdenas contaba con una larga y brillante carrera militar contra las fuerzas de Villa, de Zapata, de los yaquis, de Carranza, de De la Huerta. Pero también una muy valiosa carrera política. Había sido gobernador de Michoacán, presidente del PNR, secretario de Gobernación y secretario de Guerra y Marina.

Calles sabía que Cárdenas no sería nunca su incondicional. Entonces, ¿por qué se decidió finalmente por él? ¿Responsabilidad ante el futuro del país? Si tenía dudas de Pérez Treviño, había otros hombres incondicionales a él —Aarón Sáenz, Riva Palacio, Puig Casauranc— a los que podía recurrir.

Quizá, como señala Enrique Krauze, Calles estaba cansado de su fatigante maximato: "Prefería el riesgo y la apertura al sometimiento y la inmovilidad. Además, el *Viejo* (como le decían), sin estarlo tanto, se sentía como tal. Había vivido en la cresta de la ola por más de veinte años, y en una perpetua tensión desde la infancia. Al revés de Porfirio Díaz, el paso del tiempo y el gusto por el poder no lo rejuvenecían. Estaba cansado".

Lo cierto es que, a sus cincuenta y siete años, estaba achacoso y deprimido: su segunda esposa, Leonor Llorente de Elías Calles, había muerto en noviembre de 1932 de un prolongado cáncer, dejándole dos hijos pequeños. Decía que, por las mañanas, al levantarse de la cama, los huesos le dolían y sentía tensos los músculos de las piernas y, sobre todo, de la espalda. No había resuelto su problema de cálculos hepáticos, que lo atacaban cada vez con mayor frecuencia y lo tumbaban en la cama durante días.

Aun así, todavía le quedaban resabios claros de su vocación por el poder y Cárdenas lo sabía, puesto que apenas se enteró de las posibilidades de su candidatura a la presidencia, le escribió una carta a Calles, en el tono en que lo hubiera hecho cualquier otro candidato que empezara por doblegarse.

"No podría resolver este asunto de mi posible candidatura, que hoy se me presenta, si antes no conozco la franca opinión de usted, misma que yo le pido como amigo y como jefe que es mío".

Por supuesto, a nadie más le podía haber escrito Cárdenas una carta en esos términos.

—Ya lo decidí: es Cárdenas —le dijo a Abelardo Rodríguez cuando éste lo fue a ver a su casa para conocer su opinión al respecto.

Calles tenía la voz y la expresión de quien se ha sacado un peso de encima y ha hecho las paces con su conciencia.

Quizá, como nunca, gozó de su condición de hombre todopoderoso y libre —pero de veras libre, para elegir lo que quisiera en cualquier circunstancia—. Libertad que, sabemos, sólo alcanza su sentido absoluto en la esfera del egocentrismo, patria cálida e indivisible para quien lo fomenta.

De todas maneras, una vez que Cárdenas fue el "elegido por el dedo del Señor", como decía la gente, la pregunta que flotaba en el aire era si sería un nuevo presidente supeditado al Jefe Máximo y continuaría la política de "derecha" callista (habría que pensar tan sólo el acento que puso Abelardo Rodríguez en el capital y en los capitalistas), o por el contrario, promovería una reforma agraria y se defenderían, por fin, los intereses obreros.

Como ha escrito Tzvi Medin en su libro sobre el maximato:

"La continuidad del maximato implicaba la continuidad de su política reaccionaria, del mismo modo que esa política que negaba los intereses populares exigía para su realización la directiva de una oligarquía y la neutralización de las fuerzas populares. En cambio, la eliminación de la tutela callista podía surgir únicamente por medio de la movilización de un nuevo elenco de fuerzas populares que pudiera neutralizar la acción de la oligarquía política dominante".

Calles sabía a lo que se arriesgaba y, parecía, en el fondo de sí mismo lo quería dejar llegar. Cárdenas consideraría necesario actuar en función de los intereses de las clases populares, en los cuales creía absolutamente.

Sin embargo, hubo una escena en que todavía Calles se manifestó como lo que era —y de alguna manera su naturaleza (política) le dictaba que siguiera siendo—, el *hombre fuerte*, el Jefe Máximo, el Señor del Gran Poder.

Ya presidente electo, Lázaro Cárdenas visitó a Calles en su casa de Cuernavaca. El Jefe se encontraba bebiendo y jugando póker con dos amigos y Fernando Torreblanca.

Era el atardecer y por las ventanas abiertas se manifestaba un sol que abría una suntuosa cola de pavo real en el horizonte. El humo de los cigarrillos subía en espirales y en lo alto formaba una gruesa capa que se distendía como neblina apresando la luz opaca de la bombilla que un criado acababa de encender. Ese mismo criado que se acercó a Calles para informarle, en voz baja, de la presencia del general Cárdenas, esperándolo en la sala de la casa.

Calles entornó los ojos un momento para engañar la borrachera, y se limitó a contestar:

—Ofrézcanle algo de beber y entreténganlo mientras acabo esta partida de póker.

Por supuesto, el "entreténganlo" sonaba especialmente peyorativo (con un presidente electo) y los que alcanzaron a escucharlo abrieron unos ojos muy redondos.

—Salud, señores —dijo Calles levantando su irisada copa de coñac, extendiendo los labios en lo que quiso ser una sonrisa—, ¿a quién le toca repartir?

Todavía jugaron algunas manos más para acabar la partida. Gutierre Tibón dice que ya para entonces (quizás influido por la reciente muerte de su esposa y sus propias enfermedades) empezaba a preocuparle la posible existencia de "Algo más", de un Poder Superior (que no de un Dios, que lo refería directamente a la detestada Iglesia Católica). El alcohol podía poner de manifiesto esta preocupación. Estaba repartiendo las barajas, cuando se detuvo y comentó.

—Ustedes y yo sabemos de Algo que no es nosotros y juega estas barajas en las que somos, véanlo, un diez o un rey, o ahora un cinco, pero no las verdaderas manos que las mezclan y las arman, juego vertiginoso del que sólo alcanzamos a conocer la suerte que se teje y se desteje con cada repartición, la batalla de azares que decide las decisiones y las renuncias.

Estuvo un momento haciendo movimientos con los dedos en el aire para darles flexibilidad.

Fue más de una hora después de que había llegado, cuando Calles salió a saludar al general Cárdenas.

—¡Estimado general, qué lo trae por aquí! —exclamó, extendiéndole una mano efusiva.

Fernando Benítez, al comentar el pasaje, dice:

"Este episodio le hizo sentir a Cárdenas la debilidad de su posición. Se le trataba como a un subalterno, es decir, como se le trataba en Naco cuando tenía veinte años y era un soldado desconocido. Por un presidente electo no valía la pena interrumpir una partida de póker. Calles, seguramente, se levantó victorioso de la mesa para ir a saludarlo. Ignoraba que en aquel momento había perdido la partida decisiva de su juego político".

XV. "Por lo menos a mí no me mandó matar"

Desde su toma de posesión, hay tres signos claros del rumbo que tomaría el gobierno de Lázaro Cárdenas. El primero, muy importante, que llegó vestido con un sencillo traje oscuro, lo que proscribió para siempre el jacquet y el sombrero alto de sus antecesores. ¿Dónde dejó, también, los smokings, los trajes informales de paño inglés, los blancos de hilo finísimo, las grandes corbatas de moño de seda, de Abelardo Rodríguez? Signo que se prolongó al abandonar el Castillo de Chapultepec y continuar habitando su casa de Wagner 50, mientras le construían una sencilla residencia en lo que entonces era la prolongación del Bosque. Una señal más de austeridad: unos días después de la toma de posesión clausuró los casinos —de lo más exitosos— que había abierto Abelardo Rodríguez: el Casino de la Selva en Cuernavaca, el Foreign Club en la capital, y los múltiples y lujosos en Baja California.

Una señal muy sintomática, para quien tuviera oídos para oír, es que en una parte de su discurso de toma de posesión subrayó que había "otro" mundo, el de los indios, el de los campesinos, el de los trabajadores malpagados o desempleados. Su gobierno tendría que atenderlos. Mundo que contrastaba, dolorosamente, con el de los poderosos y los hombres de las grandes fortunas. Pero quizá la más importante frase, que ni siquiera estaba escrita en su discurso y que improvisó al final, fue:

"¡He sido electo presidente de México y habré de ser el presidente de México!".

A pesar de ello, todavía, la gente en la calle ya inventaba que el presidente, que recién había tomado posesión, después de la ceremonia en el estadio, sacó cinco centavos y mandó comprar la extra de *El Nacional* para enterarse de cómo había quedado conformado su gabinete.

No era cierto. Aunque había varios callistas, no tardaría en deshacerse de ellos a partir de la confrontación con Calles.

Ésta se dio algunos meses después porque Calles estuvo convaleciente de una operación de vesícula en los Estados Unidos. Pero apenas regresó, no tenía remedio, volvió a las andadas —seguramente ya para entonces luchaba con sus intervenciones políticas como con el alcohol— y Cárdenas escribió en su diario: "Ahora que ya está aquí, distintos amigos de Calles, entre ellos miembros de mi gabinete, van a buscarlo a Cuernavaca para insistirle que intervenga en la política de mi gobierno. Estas gentes lo perderán. Incluso senadores y diputados, van y vienen después de entrevistarse con el general Calles, tratándole delicados asuntos políticos".

Cárdenas aún tuvo la deferencia de ir a buscar a Calles a su casa de Cuernavaca. Lo recibió especialmente amable. Se veía muy disminuido físicamente y con pasos inciertos, apoyado en un bastón, pudo llegar a los equipales del frondoso jardín, donde les llevaron aguas frescas y café.

Cárdenas era una de esas personas cuyas facciones son agradables en reposo, pero que las desfigura la sonrisa. Ahora trataba de sonreír.

Le sugirió a Calles la conveniencia, de plano, de que no recibiera más a los colaboradores de su gabinete porque hacía un gran daño al interior del gobierno y el presidente perdía el control de su gente.

Las palabras —tan directas— y el tono con que le hablaba, eran muy diferentes a las de los otros presidentes del maximato y esto hizo que Calles reafirmara su posición de no intervenir más en política: se lo había jurado a sí mismo. No se había equivocado, Cárdenas sería un buen presidente, él estaba enfermo y cansado, ¿por qué no dejarle el camino libre de su influencia, el mejor favor que podía hacerle a él y al país? Levantó el bastón y apuntó hacia un sol orondo como una naranja, que empezaba a declinar. ¿No había pensado Calles últimamente, después del postoperatorio tan doloroso que sufrió, que era hacia allá donde quería mirar permanentemente?

—Ya me canso de decirles a éstos... que me dejen en paz —exclamó, en su tono más convincente.

"Sin embargo —añade Cárdenas en sus apuntes—, a pesar de sus buenas intenciones, no tengo duda de que apenas pueda, intentará influir en la política obrerista del gobierno".

No se equivocaba. Una declaración de Cárdenas, dice Fernando Torreblanca, le hizo lanzar el periódico con una especie de chicotazo sobre la mesa. Decía Cárdenas:

"Debemos combatir a los capitalistas, a la escuela liberal capitalista, que ignora la dignidad humana de los trabajadores".

No podía quedarse callado. Aunque estaba decidido a no intervenir más en política —dice Gutierre Tibón: "En una ocasión me invitó a su casa de Cuernavaca y salimos a ver el atardecer. Estuvo mirando el sol que se metía y me preguntó: '¿Qué hay más allá, nada?'"—, aunque quería concentrarse en cuestiones más trascendentes, la política seguía siendo una droga a la que era adicto.

El 12 de junio de 1935, el periódico *El Universal* publicaba una cabeza en su primera plana que hizo agotarse la edición enseguida: "Sensacionales declaraciones del general Plutarco Elías Calles". En una secundaria resaltaban una frase de Calles: "La nación, sacudida peligrosamente por huelgas constantes". Y en otra, aún peor: "Vamos para atrás, retrocediendo".

Un párrafo de la declaración, decía:

"Hace seis meses que la nación está sacudida por huelgas constantes, la mayoría de ellas injustificadas. Las organizaciones obreras están ofreciendo claros ejemplos de ingratitud. Las huelgas dañan mucho menos al capital que al gobierno, porque le cierran las puertas de la prosperidad... Vamos para atrás, para atrás, retrocediendo, y es injusto que los obreros causen este daño al gobierno...".

Por lo demás, ya desde 1929 sentía "repugnancia" por el reparto agrario y por las huelgas, de lo que había dado numerosas pruebas durante su maximato. La confrontación abierta se había desatado, no tenía remedio: se trataba de dos ideologías totalmente contrarias y radicales. Pero el daño que estaba causando Calles era manifiesto, porque tenía, por un lado, a los empresarios, los industriales, los hacendados, "el capital", que veían en él no sólo al impulsor del desarrollo económico, sino, lo más importante, a la única fuerza capaz de contener el "radicalismo ideológico" de Cárdenas. Pero, por otro lado, tenía al presidente del PNR, buena parte del gabinete y parte del ejército, de los gobernadores y de las cámaras. Hay una fábula que cuenta que dos grandes ejércitos están frente a frente, sin que ninguno se decida a empezar la batalla, pero basta que un soldado saque su espada porque ha visto acercarse una víbora a sus pies, para que se desate la confrontación. Fernando Benítez tiene una frase que resume la grave situación de esos momentos: "En aquel choque de trenes, bastaba una palabra de más, un cierto movimiento, una mínima violación a las reglas establecidas, para comprometer a la frágil unidad de la familia revolucionaria".

Los más pesimistas auguraban una nueva lucha armada, y los más optimistas, que Cárdenas se doblegaría. El hábito del autoritarismo —la gran estrategia del callismo— hacía que la opinión pública no se fijara tanto en el que estaba sentado en la silla sino —como había sucedido hasta entonces— en quién era el verdadero poderoso detrás de la silla.

El poder del Jefe Máximo había descansado en una vasta gama de maniobras complicadas y sutiles. Gran actor, representaba su papel a la perfección, consejero supremo a quien se consultaban los asuntos de mayor importancia (y en ocasiones los de menor importancia), eslabón hasta entonces entre el Ejecutivo y los restantes organismos estatales, incluido el partido, el político de mayor experiencia ante el que *todos* se rendían... Contra todo ese complicado armado luchaba audazmente Cárdenas, quien no podía soportar que dijeran —fuera quien fuera— que su gobierno iba para atrás, retrocediendo.

Supo que había llegado el momento de dar un paso decisivo, hacia adelante —él, que creía, a diferencia de Calles, que esas huelgas eran "consecuencia natural de una lucha popular legítima de intereses y que, resueltas razonablemente, dentro de un espíritu de equidad y justicia social, contribuirían a hacer más sólida la economía nacional"— y, por lo pronto, así, de entrada y de golpe, pidió la renuncia de su gabinete y nombró uno nuevo, lo que cimbró al gobierno y a la opinión pública. Pero, además, hizo un movimiento de piezas que, parecía, sólo podía haber estado inspirado en el maquiavelismo de su jefe (El Jefe Máximo). El ejército era clave en cualquier conflicto que pudiera desprenderse del rompimiento con Calles. Por eso efectuó cambios de mando en las jefaturas de operaciones militares, de tal modo que los generales callistas fueran apartados de las zonas sensibles en que se concentraba la oposición, siendo ocupada por generales en los cuales Cárdenas podía confiar plenamente. También, enseguida fueron nombrados generales cardenistas para neutralizar a los gobernadores que pudieran presentar oposición al presidente.

El 14 de junio, apenas dos días después de las declaraciones de Calles, los periódicos publicaron la respuesta de Cárdenas:

"Las huelgas, si bien causan algún malestar y aun lesionan momentáneamente la economía del país, contribuyen con el tiempo a hacer más sólida la situación económica, ya que su correcta solución trae como consecuencia un mayor bienestar de los trabajadores, que son los que le importan a mi gobierno".

La jugada fue maestra: en unos cuantos días, Cárdenas se le había anticipado a Calles (quien no tenía la celeridad de antes y estaba medio bloqueado por sus enfermedades, dudas espirituales y existenciales), y ahora fue él, Cárdenas, quien movió las piezas del ajedrez político. Asegurado el ejército, eliminados del gabinete los secretarios callistas, anulado Morones con los diputados y senadores disidentes, las muestras de adhesión se desviaron de las Palmas, en Cuernavaca, a Palacio Nacional, en donde había un nuevo Jefe.

Por si algo faltara, a las once de la mañana del día siguiente —obviamente, en el mejor estilo del acarreo populista del futuro PRI— se inició en el Zócalo un desfile de más de treinta mil obreros, organizado en apoyo al presidente. La plaza estaba llena de banderas rojinegras, pancartas, estandartes y gritos que reclamaban la expulsión del general Calles.

No hay duda: la historia la hacen ciertos hombres de carne y hueso (¿sería Francia lo que fue sin Napoleón, Rusia sin Lenin, Cuba sin Castro?) y el rumbo político y social de México había cambiado con el viraje que le dio al timón un verdadero capitán de barco.

Calles estaba derrotado, y así lo entendió, por eso decidió hacer un largo viaje a los Estados Unidos, con el pretexto de que tenía que checar su salud en algunas clínicas de por allá. Pero el veneno —en una carta a José María Tapia se confesaba "un hombre rencoroso"— no había salido de él, y apenas pudo volvió a hacer declaraciones en contra de Cárdenas. A un periódico de Los Ángeles le declaró que "el actual gobierno apoya la acción demagógica, el país va al desastre, las organizaciones obreras hacen labor disolvente y es el propio gobierno quien las azuza". En Brownsville declaró que la anarquía política del gobierno fomentaba el comunismo. En Nueva York se mostró preocupado por "los centenares de huelgas que había en el país".

Pero no sólo había huelgas. A mediados de septiembre, en la Cámara de Diputados hubo un tiroteo en que murieron dos diputados callistas. La "depuración" estaba en su punto más álgido, y unos días después fueron desaforados nada más y nada menos que diecisiete diputados callistas.

Al enterarse de esa —inevitable— campaña del gobierno contra sus seguidores —muchos de ellos amigos íntimos—, en una labor de cruzado, decidió regresar a México para apoyarlos y luchar contra el cardenismo. Pésima decisión. Su presencia agitó aún más las altas olas que su puro nombre convocaba.

¿Cuál era el plan?

Tzvi Medin recoge al respecto el testimonio de Ricardo Treviño: "Las instituciones de industriales, mineros, petroleros, textiles y hasta los bancos, implantarían un paro de actividades, pretextando que el gobierno quería llevar al país al comunismo [...]. Había que elaborar un plan en el que uniera a toda, pero a toda la iniciativa privada, nuestra gran fuerza. En ese plan ya estaban comprometidos los latifundistas del henequén, los latifundistas algodoneros de La Laguna y los líderes industriales de Monterrey, muchísimos banqueros. Como consecuencia del paro empresarial e industrial, el general Calles, con un grupo de prestigiados militares y políticos a su lado, conminaría al presidente Cárdenas a renunciar, y declararía que lo hacía por salvar al país del comunismo".

Pero Cárdenas tenía unos ojos tan sagaces que perforaban las paredes.

Al día siguiente de la llegada de Calles, el 14 de diciembre, fueron desaforados cinco senadores por "agitación sediciosa" inspirada en Calles. Unos días después el general Amaro fue destituido de su cargo como director de Educación Militar, y al general Medinaveytia lo corrieron de la jefatura de la Primera Zona Militar. El 17 de febrero de 1936 fueron desconocidos por el Senado de la República los poderes locales de Sonora, Sinaloa, Guanajuato y Durango. Casi no pasaba un día sin algún acontecimiento en contra de Calles y los callistas. Por si algo faltara, apenas una semana después de haber regresado, fueron expulsados *oficialmente* del PNR —el partido que él fundó— el propio Calles y otros de sus reconocidos colaboradores, como Fernando Torreblanca —quizás el hombre que más cerca había estado de él en los momentos álgidos—, Melchor Ortega y Luis León.

"Correrme a *mí* de mi partido... Es la peor vergüenza que he pasado en mi vida", declaró Calles.

Mientras Calles hacía declaraciones a los periódicos en que culpaba al gobierno de una acción demagógica que llevaría a México al desastre y de azuzar a las masas por su presencia, los obreros llevaban a cabo continuas y cada vez más candentes manifestaciones frente a Palacio Nacional en que exigían a gritos la expulsión de Calles del país.

El 9 de abril de ese 1936, a las diez de la noche, el general Navarro Cortina se presentó en la casa de Calles. Éste bajó en bata y pantuflas a recibirlo.

—¿Qué se le ofrece? —le preguntó, seco, a manera de saludo.

—Señor —le dijo Navarro con voz insegura—, por órdenes del presidente de la República le comunico... que usted debe de abandonar mañana a primera hora el país. Un avión lo aguardará en el aeropuerto.

—¿Cuál es la causa de mi expulsión? —preguntó Calles, muy afectado, sentándose en un sillón cercano.

—Yo sólo soy un soldado y sólo cumplo órdenes.

—¡Esto es un atropello!

Sin más, el general Navarro solicitó permiso para retirarse. Calles se limitó a mover la cabeza con un gesto afirmativo.

Telefoneó a varios amigos y a algunos corresponsales extranjeros de la prensa. El de la AP no entendía bien lo que sucedía y le preguntó por qué se iba del país.

—No me voy, me van —le dijo Calles.

Subió a su recámara, pero ya no pudo continuar la lectura del libro —*Mi lucha*, de Hitler— en la que estaba enfrascado. En la calle se escuchaba el ulular de los autos de la policía que llegaban a rodear la casa, el antiguo santuario del devenir político del país. ¿Cuántas decisiones, trascendentes para México, no se habrían tomado ahí? Se asomó por la ventana y vio que había hasta un par de camiones del ejército con soldados. Sonrió. Por su mente pasó la imagen de aquel amanecer en que había escrito la sentencia de muerte del general Serrano, y el momento en que el general Claudio Fox les avisó a él y a Álvaro Obregón que los cadáveres acababan de llegar a los sótanos del castillo. También pasaron por su cabeza las imágenes de Blanco, flotando esposado en las aguas turbias del Bravo; de Pancho Villa, acribillado dentro de su auto; Jurado, cazado como conejo en pleno centro de la Ciudad de México; Maycotte, vagando por las selvas del sur, muerto de hambre y de sed; Buelna, sacrificado para que él fuera presidente; Obregón, acribillado en La Bombilla; el general Flores, envenenado; el viejo luchador magonista Gutiérrez Lara, quien ya agonizando gritaba que Calles era su amigo, que no podía ser él quien lo mandó asesinar. Veía pasar los rostros de los cadáveres frente a él como en un carrusel del horror: Arnulfo Gómez, Segura Vilchis, el padre Pro...

"Por lo menos a mí Cárdenas no me mandó matar", pensó. Cárdenas se limitaba a expulsarlo del país, con lo que acababa con una tradición descarada de violencia por razones políticas, de la que Calles había sido un actor principal.

XVI. "¿Es que todo cuanto hice debe culminar en este gran silencio?"

La figura del padre Pro se fue destacando como una sombra chinesca proyectada en una pantalla, hasta que terminó por corporificarse plenamente. A Calles a últimas fechas ya no le sorprendían sus apariciones y hasta las anhelaba, especialmente por lo enfermo que había estado y lo solo que se sentía. Casi lograba ver a sus espectros como si en realidad no se tratara de algo que le sucedía a él mismo, sino de un acertijo pleno de trascendencia.

¿No era la vida una representación dramática que de pronto se volvía farsa?, pensaba. ¿Eran esas sesiones espiritistas, a las que asistía cada semana, parte de la farsa? Qué importaba. Le era suficiente comprobar lo que había en ellas de consuelo, algo evidente, para sentirse satisfecho de, al final de su vida, haber descubierto un trozo de verdad (Verdad) que le permitiría morir en paz, por más que, lo sabía, si existía la vida después de la vida, le esperaba el espantoso purgatorio que le había descrito Álvaro Obregón, en que tendría que confrontarse con cada una de las personas a las que mandó matar, o lastimó, qué horror. ¿O serían las apariciones del padre Pro ya parte del purgatorio que le esperaba? Pero aun ese purgatorio era preferible a la Nada, la disolución total, en la que por alguna extraña razón, y por suerte, nunca había podido creer.

—¿De qué se me va a disfrazar hoy, padre Pro? —le preguntó, conociendo su afición a los disfraces, con los que jugaba, y lo confrontaba, cada vez que lo veía—. Porque aun ahora está usted representando, ¿no es así?

El padre Pro se arrellanó en su sofá, frente a Calles, en una actitud de lo más relajada.

—Yo siempre estaba representando, general. A veces a solas conmigo mismo representaba mi papel de sacerdote elegido, imagínese si no ante los demás. Yo también, como usted, tuve que hacer una buena representación para ocultar mis dudas. ¡Las dudas del padre Pro! ¡Qué hubiera sido de mi pobre pueblo si se entera! Y bueno, la santidad es una de las representaciones más difíciles —se llevó un índice, muy reflexivo, a la barbilla—. Pero le aseguro que esas dudas son inevitables al momento anterior en que se alcanza la plenitud, o para decirlo cultamente, aquello que los filósofos llaman absoluto y los alquimistas transubstanciar.

—Yo no llegué a tanto, pero también tuve que ser muy buen actor para representar el papel de un Jefe Máximo que decidía, impávido, sobre la vida o la muerte de la gente.

—Puede que tenga usted razón de que su papel tuvo que haber sido de lo más difícil y desgastante. Ahora que lo recuerdo, al terminar su periodo presidencial, el general Obregón regresó a Sonora a dedicarse a labores de agricultor. En una ocasión lo visitó ahí el embajador japonés y al verlo así vestido le preguntó si se había disfrazado de agricultor, y Obregón le respondió: "No, embajador, fue allá en la Presidencia donde anduve disfrazado...". Fue una pena que quisiera volver a ponerse el disfraz, ¿no le parece?

—Todos queremos seguir nuestra representación. Ya ve yo, cansado, enfermo, decidido a separarme totalmente de la política y dedicarme a cuestiones más trascendentes, regresé a México a luchar con el general Cárdenas, a quien yo había nombrado presidente, y sólo logré...

—Hacer el ridículo.

—Exacto. Hacer el ridículo. Al Jefe Máximo le cortaron los hilos como a un títere, y siquiera lo hubieran mandado matar, lo que hubiera sido más digno, más teatral, diría usted, pero solamente lo desterraron, con la cola entre las patas.

—¿Y todo por defender qué?

—Yo de veras creía que Cárdenas, al verlo empezar a gobernar, ya que se descaró..., qué horror..., temí que se volviera un demagogo al estilo de Stalin, autoritario y tirano, que llevaría el país a la ruina y se reelegiría indefinidamente. Tenía toda la facha, ¿a poco no? Y eso no lo imaginaba al nombrarlo. ¿Dónde quedarían entonces los ideales de no reelección que yo concebí con la creación del PNR?

Mientras Calles hablaba, el padre Pro se puso el jacquet, el sombrero de hongo y la piochita de Francisco Madero. Apenas terminó de disfrazarse, se acercó a Calles.

—Buenas noches, general. Qué gusto conocerlo.

Calles se sorprendió y se puso de pie al verlo. Movió la cabeza a los lados y se llevó las manos abiertas a la cara, como quien se pone una máscara para no enfrentar lo que tiene delante.

—¡No es posible! —exclamó sin quitarse las manos de la cara—. Ahora usted. Esto es una pesadilla... Esto es eso: una pesadilla de la cual voy a despertar en cualquier momento.

Madero extendió una mano, muy amable, pero terminó por bajarla.

—No lo entiendo, general.

—Ya me imagino sus reclamos, padre Pro. No me engaña. Ni tan santo, es usted un cabrón conmigo. Pero bueno, sigámosle el juego, don Francisco.

Madero parpadeó, sorprendido.

—Si usted prefiere me marcho. Nunca fue una de mis características la imposición.

Calles bajó las manos de la cara y displicente y medio doblado se fue a sentar a su sillón.

—Ya está aquí. Total. Quédese. Hay tantas cosas que nos unen ahora que estoy viejo. Ya ve, he ido detrás de sus pasos. Me volví espiritista, sellé su ideal democrático con mi renuncia a continuar en el poder.

—¿Tras de mis pasos? Es cierto, yo tampoco comulgué mucho con los curas. Aunque, claro, usted llevó las cosas a unos extremos... Yo fui más conciliador. Y admiraba tanto la figura de Cristo que coincidía en un montón de puntos con los católicos. Durante mi mandato se formó el partido católico más fuerte que haya habido en la historia de México. ¿Y sabe usted, general, que en una ocasión me preguntaron quién había influido más en mi actuación política y contesté —modestia aparte— que la figura imperecedera de Cristo Nuestro Señor?

—Se entiende que lo crucificaran.

Madero dibujó unos arabescos con los dedos y se fue a sentar frente a Calles.

—No podía ser de otra manera. Supe de mi sacrificio diez años antes por los comunicados espiritistas que recibía. Por cierto, el espiritismo sin el sustento de lo moral me parece francamente peligroso. El problema no es que los espíritus se comuniquen con nosotros, sino por qué y para qué. Por eso si tuviera que elegir, creo que más que espiritista diría que fui cristiano.

—Dígalo todo de una vez.

Madero lo miró asombrado pero con unos ojos amables, muy dulces.

—¿Qué quiere que le diga?

—Lo que piensa de mí. Vamos, padre Pro, ya me tiene cansado con su juego y sus disfraces. Dígalo de una vez. Estoy a punto de reventar, de veras.

—Mire, general Calles, yo al final de mi vida sufrí una crisis parecida a la suya y comprendí que me había equivocado absolutamente. No escuché a mis amigos y me entregué y entregué al país en manos de mis enemigos. Pero sólo ese reconocimiento, esa crisis, me permitió después acceder... a más altas regiones del espíritu, lo que verdaderamente nos importa a usted y a mí. Así que si yo puedo ayudarlo...

Calles hizo un gesto torciendo la boca.

—No sea tan amable y dígalo.

Madero habló con una voz de lo más tranquila.

—Ya que insiste, deberé decirle que esta revolución que usted dice haber encauzado no tiene nada que ver con la que yo inicié. De acuerdo que fue un acierto no reelegirse después de que estuvo a punto de hacerlo Obregón, ¿pero eso significó un auténtico respeto a la democracia? Me temo que no. ¿Se ha respetado el voto del pueblo a partir de ese momento? También, me temo que no. Yo di mi vida, general, por ese sufragio efectivo. De nada sirve la no reelección si no la antecede el sufragio efectivo —sus ojos, de aguas muy tranquilas, se entornaron—. No sé si lo estoy incomodando con mis palabras, general, no quisiera...

—Lo escucho, don Francisco. No comparto su punto de vista, pero lo escucho.

—Bien, pero si no es mi revolución en la esencia, tampoco y mucho menos lo es en la práctica. Le reconozco a usted, creo que le sería importante mi reconocimiento...

—Nomás imagínese... Nuestro apóstol...

—Tuvo usted cualidades de organizador, ni quién lo dude. Impulsó la paz, lo más importante, pero también el desarrollo económico del país al fomentar la inversión, al construir carreteras, al fundar el Banco de México, un banco único de emisión, ¡qué problema era antes!... al crear y promover bancos agrícolas y sistemas de irrigación que yo ni soñé, vías de ferrocarril... Es cierto.

De un tono conciliador, Madero empieza a subir una voz que se endurece. Continúa:

—Pero no creo que todo eso justifique la vergüenza política del llamado, ¿cómo? maximato. Ése. Qué vergüenza, general, me siento verdaderamente anonadado al decírselo. Pues si defendemos al maximato tendríamos que entonar aleluyas al porfirismo, que también apoyó la inversión económica, construyó caminos, ferrocarriles y muchas obras de progreso material, pero que mantuvo al país en un absoluto embrutecimiento político.

Calles empezó a desesperarse y se pasó una mano por el rostro, como si apartara una rama.

—Don Francisco, creo que su punto de vista es francamente limitado, por no decir miope, como, por lo demás, siempre lo fue.

—¿Podía ser de otra manera, general? Creo que, en el fondo, usted y yo hemos luchado por cuestiones distintas. Por eso, me parece, si se salva su dichoso maximato no veo por qué hemos de condenar al porfirismo. Salvemos entonces a los dos, declarándolos sangrientos despotismos benefactores de México, ¿le parece? ¡O condenémoslos a los dos por haber conspirado contra la dignidad y contra mi viejo sueño de disfrutar de verdadera libertad en el país! Aunque nos crucifiquen. Fíjese nomás la conclusión, si yo hubiera vivido durante su maximato me habría levantado en armas contra usted y contra los peleles que puso de presidentes. Qué vergüenza. Aunque me mandara matar con ese monstruo, invención suya, ¿cómo se llamaba? Sí, Gonzalo N. Santos. ¿Sabe usted que presumía de haber salvado al país cuando la candidatura de Vasconcelos, matando estudiantes a mansalva, y luego con la postulación de Almazán, durante las elecciones en que fue electo Ávila Camacho? Escribió que con su brigada de más de quinientos hampones asaltó las casillas almazanistas a punta de balazos. La gente acudía a votar en grandes cantidades y abrumadoramente a favor de Almazán, como antes lo hizo a favor de Vasconcelos...

—Sí, cómo no —dijo Calles, torciendo la boca.

—Pero las brigadas de Gonzalo hacían huir a los votantes y representantes de las casillas. Tumbaban las mesas, rompían las urnas y amagaban pistola en mano. ¿Qué tiene que ver eso con el sufragio efectivo? ¿Qué tiene que ver con la lucha por la que di la vida?

Calles se puso de pie, desesperado, y dio unos pasos por la pieza. Sus ojos parecían en efervescencia.

—¡Por favor, don Francisco! Venir a decirme que de haber vivido durante el maximato se hubiera levantado en armas. ¿En manos de quién dejó usted el país? ¿O debía arriesgarme a que después de mí llegara otro Victoriano Huerta? ¿No le regresó su pistola cuando su hermano Gustavo se lo llevó para explicarle, desesperado, que lo había encontrado conspirando contra usted al lado de Blanquet y Félix Díaz? Y usted le preguntó si era cierto, y como contestó que no, puso en ridículo a su hermano Gustavo, a quien luego asesinaron brutalmente en la Ciudadela, y le dijo a Huerta algo así como "Estamos en sus manos, general". Qué poca madre, señor Madero. ¿No justifica ese simple hecho, todos mis errores? ¡Contésteme, don Francisco, contésteme, usted que pecó de ingenuo, el único pecado imperdonable en política, que causa, como usted causó, muchas más muertes y sangre derramada! ¡Una guerra civil que yo contuve con la creación del PNR! ¡Contésteme!

Mientras Calles hablaba, Madero —el padre Pro— se fue difuminando tal como llegó, convirtiéndose al final en meras burbujas de luz que estallaban en el aire.

Calles caminó desesperado por la pieza, mirando hacia todos lados. Los ojos le papaloteaban en las órbitas como aves enloquecidas.

—¡Contésteme, padre Pro! ¿Es que ya no hay nadie que pueda contestarme? —con pasos trastabillantes, caminó hacia un rincón de la pieza, como si se tratara del proscenio de un teatro, y se dejó caer, hincado—. ¿Es que todo cuanto hice debe culminar en este gran silencio insoportable, sin amigos, sin familiares, sin espíritus que me visiten, sin más decisiones que tomar? Sin… nada ni nadie… Sin… nada ni nadie…

Nota

Esta novela-reportaje está inspirada en mi obra de teatro del mismo nombre, que durante 1991 José Ramón Enríquez montó en el Foro del CUT, del Centro Cultural Universitario, con la ayuda de Antonio Crestani como asistente de director, y de Gonzalo Celorio, quien entonces era el coordinador de Difusión Cultural de la UNAM. La puesta alcanzó más de doscientas cincuenta representaciones y, además, sirvió para el inicio como actor de Jesús Ochoa.

La obra surgió como posibilidad cuando colaboraba con Olga Mereles de Ogarrio, nieta de Calles, en el Fideicomiso Archivos Plutarco Elías Calles y Fernando Torreblanca, ayudando a clasificar la correspondencia, y que fue en donde encontré la carta en la que Calles le confiesa a su amigo José María Tapia que, por las noches, en su estudio, había empezado a ver fantasmas. Me pregunté: ¿qué mejor fantasma se le podría aparecer que el padre Pro, al que mandó fusilar en pleno centro de la ciudad, convocando incluso a la prensa? Pensé que ahí había una obra de teatro, y me puse a escribirla.

Pero Calles no se salió de mí y seguí interesándome en su compleja personalidad. Leí y marqué —a lo largo de veinte años— libros sobre el maximato, como el de Tzvi Medin, el de Fernando Benítez, la biografía de Krauze, la de Carlos Macías Richard, la del doctor Ramón Puente, *Las palabras perdidas* de Mauricio Magdaleno sobre el movimiento vasconcelista, la correspondencia personal de Calles y su pensamiento político y social, el de Aguilar Camín sobre *La frontera nómada*, la *Autobiografía* de Abelardo Rodríguez, las *Memorias* de Ortiz Rubio y las de De la Huerta, la *Historia vivida de la Revolución Mexicana* de Emilio Portes Gil, *La verdadera Revolución Mexicana* de Taracena, la biografía de Álvaro Obregón de Pedro Castro, el libro en que Gutierre Tibón menciona el espiritismo de Calles, *Ventana al mundo invisible*, los pasajes de mi libro *Ficciones de la Revolución Mexicana* en que trato el tema. En fin, algunos más que ahora no tengo en mente. Pero, como decía, lecturas entusiastas y divertidas. Y en algún momento me pregunté, ¿por qué no con todo este material subrayado hago una especie de novela-reportaje sobre Calles, total, la llamada novela histórica lo acepta y permite (casi) todo? Tenía un montón de escenas que me parecían fundamentales para entender a Calles (creador de lo que fue, ¿sigue siendo?, el PRI) y que se me habían quedado en el tintero desde que escribí la obra de teatro. Y lo empecé a intentar. El pleno convencimiento llegó cuando una mañana, sin ningún antecedente, me habló mi amigo Pepe Gordon y me dijo:

—Soñé que estabas escribiendo una novela sobre Calles, sus sesiones espiritistas y Gutierre Tibón.

Había que continuar.

Índice

I. "Tu cuelga, Pancho" 11
II. El maestro Amajur 19
III. "Un farsante" 29
IV. "Yo soy yo, no tenga duda" 43
V. "Por eso fusílelo, porque dicen
que es un santo" 53
VI. "¿Qué tal si me le disfrazo del general
Obregón?" 69
VII. Y alcanzó a escuchar otros
disparos a su lado 87
VIII. "Les dije que lo remataran,
no que lo acribillaran" 103
IX. "¿O fuiste tú el que me mandó
matar, Plutarco? 113
X. "Estoy borrachísimo. Fue el vicio
de mi padre y por lo visto
lo heredé" 127
XI. "Vasconcelos no puede llegar
a la presidencia" 141
XII. "Haya o no haya alguien sentado
en la silla presidencial, no puedo
desatender mis responsabilidades" 153

XIII. "Nunca supuse que pudiera concebirse idea más maquiavélica" 163

XIV. "Que me espere el general Cárdenas a que termine esta partida de póker" 181

XV. "Por lo menos a mí no me mandó matar" 191

XVI. "¿Es que todo cuanto hice debe culminar en este gran silencio?" 207

Nota 219

Alfaguara es un sello editorial del Grupo Santillana

www.alfaguara.com

Argentina
www.alfaguara.com/ar
Av. Leandro N. Alem, 720
C 1001 AAP Buenos Aires
Tel. (54 11) 41 19 50 00
Fax (54 11) 41 19 50 21

Bolivia
www.alfaguara.com/bo
Calacoto, calle 13 n° 8078
La Paz
Tel. (591 2) 279 22 78
Fax (591 2) 277 10 56

Chile
www.alfaguara.com/cl
Dr. Aníbal Ariztía, 1444
Providencia
Santiago de Chile
Tel. (56 2) 384 30 00
Fax (56 2) 384 30 60

Colombia
www.alfaguara.com/co
Calle 80, n° 9 - 69
Bogotá
Tel. y fax (57 1) 639 60 00

Costa Rica
www.alfaguara.com/cas
La Uruca
Del Edificio de Aviación Civil 200 metros Oeste
San José de Costa Rica
Tel. (506) 22 20 42 42 y 25 20 05 05
Fax (506) 22 20 13 20

Ecuador
www.alfaguara.com/ec
Avda. Eloy Alfaro, N 33-347 y
Avda. 6 de Diciembre
Quito
Tel. (593 2) 244 66 56
Fax (593 2) 244 87 91

El Salvador
www.alfaguara.com/can
Siemens, 51
Zona Industrial Santa Elena
Antiguo Cuscatlán - La Libertad
Tel. (503) 2 505 89 y 2 289 89 20
Fax (503) 2 278 60 66

España
www.alfaguara.com/es
Torrelaguna, 60
28043 Madrid
Tel. (34 91) 744 90 60
Fax (34 91) 744 92 24

Estados Unidos
www.alfaguara.com/us
2023 N.W. 84th Avenue
Miami, FL 33122
Tel. (1 305) 591 95 22 y 591 22 32
Fax (1 305) 591 91 45

Guatemala
www.alfaguara.com/can
7ª Avda. 11-11
Zona n° 9
Guatemala CA
Tel. (502) 24 29 43 00
Fax (502) 24 29 43 03

Honduras
www.alfaguara.com/can
Colonia Tepeyac Contigua a Banco Cuscatlán
Frente Iglesia Adventista del Séptimo Día, Casa 1626
Boulevard Juan Pablo Segundo
Tegucigalpa, M. D. C.
Tel. (504) 239 98 84

México
www.alfaguara.com/mx
Avda. Río Mixcoac, 274
Colonia Acacias
03240 México D.F.
Tel. (52 5) 554 20 75 30
Fax (52 5) 556 01 10 67

Panamá
www.alfaguara.com/cas
Vía Transísmica, Urb. Industrial Orillac,
Calle segunda, local 9
Ciudad de Panamá
Tel. (507) 261 29 95

Paraguay
www.alfaguara.com/py
Avda. Venezuela, 276,
entre Mariscal López y España
Asunción
Tel./fax (595 21) 213 294 y 214 983

Perú
www.alfaguara.com/pe
Avda. Primavera 2160
Santiago de Surco
Lima 33
Tel. (51 1) 313 40 00
Fax (51 1) 313 40 01

Puerto Rico
www.alfaguara.com/mx
Avda. Roosevelt, 1506
Guaynabo 00968
Tel. (1 787) 781 98 00
Fax (1 787) 783 12 62

República Dominicana
www.alfaguara.com/do
Juan Sánchez Ramírez, 9
Gazcue
Santo Domingo R.D.
Tel. (1809) 682 13 82
Fax (1809) 689 10 22

Uruguay
www.alfaguara.com/uy
Juan Manuel Blanes 1132
11200 Montevideo
Tel. (598 2) 410 73 42
Fax (598 2) 410 86 83

Venezuela
www.alfaguara.com/ve
Avda. Rómulo Gallegos
Edificio Zulia, 1°
Boleita Norte
Caracas
Tel. (58 212) 235 30 33
Fax (58 212) 239 10 51

Esta obra se terminó de imprimir en mayo de 2011
en los talleres de Litográfica Ingramex, S.A. de C.V.
Centeno 162-1, col. Granjas Esmeralda,
C.P. 09810 México, D.F.